「十三の夜剣……なるほど、面白い……」

JN012519

「十三の夜闇……なるほど、面白い……」

（陰の支配者なんて羨ましい！許せん！）

クリスティーナ・ホープ
_Christina Hope
アレクシア・ミドガル
_Alexia Midgar
シド・カゲノー
_Cid Kagenou
「まさか……『十三の夜剣』への犯行予告!?」

“ジャック・ザ・リッパー”
「あそこに重大な手掛かりが！」
「これは連続殺人事件です」
グレイ
_Gray
The Eminence in Shadow

ジャック・ザ・リッパー
_Jack the Ripper
The Eminence in Shadow

クリスティーナ・ホープ
_Christina Hope
「次元が違う……」
「あの動きは、もしかして……」
「ひ、ひえええええ」
カナデ
_Kanade
アレクシア・ミドガル
_Alexia Midgar

カイ
_Chi
ニュー
_Nu
イータ
_Eta
イプシロン
Epsilon
「もういい、実力行使」
「ちょっと、騒がしいわね」
「なにこれ……」
The Eminence in Shadow

「いい加減にしなさい！」
ラムダ
_Lambda
オメガ
_Omega
ベータ
Beta
西野アカネ
_Akane Nishino

I can't remember the moment anymore.
Yet, I had desired to become "The Eminence in Shadow"
ever since I could remember.
An anime, manga, or movie? No, whatever's fine.
If I could become a man behind the scene,
I didn't care what type I would be.
Not a hero, not an arch enemy,
but the existence intervenes in a story and shows off his power.
I had admired the one like that, what is more,
and hoped to be.
Like a hero everyone wished to be in childhood,
"The Eminence in Shadow" was the one for me.
That's all about it.

The Eminence
in Shadow

06

陰の実力者になりたくて！

06

陰の
実力者に
なりたくて！

逢沢大介 著
東西 イラスト

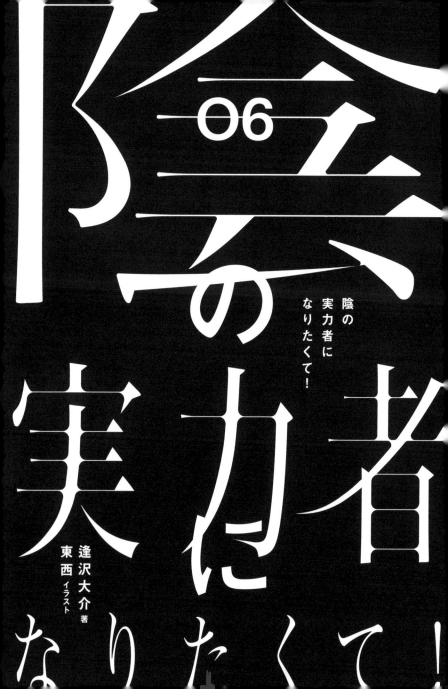

Not a hero, not an arch enemy,
but the existence intervenes in a story and shows off his power.
I had admired the one like that, what is more,
and hoped to be.
Like a hero everyone wished to be in childhood,
"The Eminence in Shadow" was the one for me.
That's all about it.

The Eminence in Shadow

I can't remember the moment anymore.
Yet, I had desired to become "The Eminence in Shadow"
ever since I could remember.
An anime, manga. or movie? No, whatever's fine.
If I could become a man behind the scene,
I didn't care what type I would be.
Not a hero, not an arch enemy,

序章

ミドガル王国の陰の支配者なんて……羨ましい！

The Eminence in Shadow
Volume Six
Prologue

The Eminence in Shadow

PROLOGUE

「終わったな」

「終わりましたね……」

ヒョロとジャガが、机に突っ伏して言った。

ちょうど今、ミドガル学園の学年末筆記テストが終わったのだ。

「自己採点とかする？」

と僕は聞いた。

アイザック君が抜けた穴は大きかったが、ニーナ先輩のカンニングペーパーで切り抜けることができた。

今回は割と自信がある。全科目、赤点ギリギリで調整できたはずだ。

「やるわけねぇだろ」

「今さら点数は変わりませんからね。来週からは実技のテストですし」

「だよね」

僕もやるわけないだろうと思って聞いたわけで、逆にやるとか言われたら困っただろう。

謎の白い霧テロ事件が終わって一カ月ほど。

今は二月の半ばだ。

騎士団の捜査が入ったりごたごたしていたけど、学園はようやく落ち着いてきた。

しかしテロ事件が頻繁に起こるから異世界は最高だ。

前世のイベントなんて暴走族を狩るぐらいしかなかったし。

あ、そういえば姉さんが意識不明になってしまった。

僕は深い悲しみに暮れることなく自由を満喫している。ゼータがそのうち目覚めるって言ってたから大丈夫だろう。

姉さんの就職とかどうするつもりだろう。

いやその前に、学年末テスト受けてないからまさか留年……さっさと卒業してほしいんだが。

「この後どうする？　実技の練習とか……」

「やるわけねぇだろ」

「筆記テストが終わったということは、実技テストまで遊べるということですよ」

「だよね」

「勝ち逃げは許さねぇからな。金はたんまりあるぜ」

「自分たちにはミツゴシリボ払いという最強の味方がいますからね」

ヒョロは下品な笑顔で札束をチラ見せし、ジャガはドヤ顔でトランプをシャッフルする。

「さぁ行こうぜ、俺たちのバトルフィールドへ」

「僕の部屋だよね」

「今夜は寝かせませんから。先にシャワー浴びてきてください」

「寝るからね、普通に」

僕は両脇をガッチリ抱えられた。

その時、クリスティーナさんの話し声が聞こえた。

「……ごめんなさいカナデ。私の力不足で」

「そんな……これから私、どうすれば……」

クリスティーナさんの前には、どこか見覚えのある少女がいた。

「まさか……エライザ様が無罪になるなんて……ッ」

少女は涙を流す。

思い出した。この前、霧の中で助けた少女だ。

「ほら、行くぞ」

「さては怖気《おじけ》づきましたね」

「はいはい、行きますよー」

それにしても、あれで無罪になるなんてやはり大貴族の権力は素晴らしい。

そんなことを思いながら、僕は教室を後にした。

僕は札束のベッドに寝転んで呟《つぶや》く。

「圧倒的勝利とは、常に虚しいものだ……」

ヒョロとジャガは日付が変わる前に退場した。勝負は途中から作業となり、僕は淡々と金を巻き上げ続けた。

熱が消え去った後に残るのは果てしない虚しさ……。

「ふふふ……強者っぽいぞ」

僕はベッドから起きて、演出のためにばらまいた札束を回収した。

総額200万ゼニー。

ありがとうヒョロとジャガ、そしてミツゴシリボ払い。

「ミツゴシ製限定デザインのトランプか。そこそこ値が張るらしいけど……悪趣味だな」

ホラーがテーマのデザインらしい。

売るか。

さて、寝るにはまだ早いし鍛錬《たんれん》でもするとしよう。

そう思って魔力を練り始めた時、ベッドの脇に光るカードが落ちているのを見つけた。

「ん、これは……？」

金色に輝く豪華なカードだ。

表には美しく装飾された文字で『ロイヤルミツゴシ高級バー会員証』と書いてある。

裏には『会員番号001シド・カゲノー』。

「思い出した。ミツゴシ商会で高級会員制バーを始めるとかでガンマが会員証をくれたんだっけ」

どうせ僕からパクった知識でぼったくるつもりだろうとスルーしていたのだが。

「高級バーか……」

僕はチラリと札束を見た。

スパイ映画とかでたまに出てくる、落ち着いたバーでのシークレットな会話にちょっぴり憧《あこが》れがあるのだ。

「もしかしたら友達割引してくれるかもしれないし……」

最悪、逃げればいい。

よし、行こう。

スパイと言えばスーツ。ジョン・スミスの時に使ったスーツはボロボロだからアルファからもらったミツゴシ製にしよう。

靴を磨いて、髪を真ん中で軽く分けて……僕は夜の王都へ颯爽《さっそう》と出かけた。


「ここか……」

意外にも高級会員制バーは細い路地の地下にあった。

落ち着いた雰囲気の扉にはミツゴシブランドのロゴと繊細な彫刻が刻まれている。

隠れ家的バーとやらなのだろう。

僕は若干緊張しながら、扉を開け中に入った。店内は間接照明に照らされた落ち着いた空間だった。バーカウンターには光量を抑えた沢山のペンダントライトがまるで星々のように輝いている。

床は狼王石でテーブルはユグドラシルの木を使った一枚板か。

パッと目に入ったものだけで数億ゼニー。僕は盗んだ場合のリスクとリターンを脊椎反射で計算した。

「……お客様」

「あ、はい」

後ろめたいことを考えていたせいで間抜けな返事をしてしまった。

「会員証ならある」

僕がポケットから金ぴかカードを取り出そうとすると、店員の女性は首を横に振った。

「シド・カゲノー様は顔パスですので。ようこそお越しくださいました。奥にＶＩＰルームもございますが……」

彼女は美しいオッドアイを奥の席に向ける。

「いや、カウンターでいい」

一瞬迷ったが、やはりスパイと言えばカウンターだ。

「承知いたしました。ご案内いたします」

「失礼……どこかで会ったかな？」

背を向けた彼女に声をかけると、驚いた顔で振り返った。

金と銀のオッドアイに、黒髪のハーフエルフだ。

「以前ミツゴシ商会でお目にかかりました」

「ああ、そういえばガンマの横にいたか」

「覚えていてくださり光栄です。オメガと申します。こちらへどうぞ」

僕はオメガに案内されてカウンターに座った。

バーテンダーにも見覚えがある。金髪ショートカットの男装のエルフ。

「君もミツゴシ商会で会ったかな」

「光栄です。カイと申します」

「シド・カゲノーだ」

「もちろん承知しております」

カイは落ち着いた礼をするが、なぜか指先が小刻みに震えていた。

もしかしたらバーテンダーの経験が浅いのかもしれない。大丈夫か高級店。

「注文は……」

頼みたいものは決まっている。気分は某スパイ映画のエージェント。

「……ウォッカ・マティーニを」

低音を響かせて僕は言った。

「ステアではなくシェイクで」

こういう時は歴戦の強者のような堂々とした態度が大切だ。

こういう店が初めてだとバレてはいけない。逆に相手を試すぐらいの気持ちで無言の圧をかける。

「ウォッカ・マティーニのシェイクですね。かしこまりました」

カイの表情が引き締まる。

彼女は深く息を吸って震える手でカクテルを作る。

もしかしてあの手の震えがカクテル作りには必要なのだろうか。

興味津々で見ているとどんどん手の震えが大きくなっていく。

「なるほど……」

カクテルのことは詳しくないから勉強になった。

熟練のバーテンダーには指先の震えが必要不可欠なのだ。

そこまで考えて、ふと気づいた。

そもそもこの世界にウォッカなんてあったのか？

「……おかしい」

ビクッとカイの肩が震えた。

いや、君に言ったわけじゃない。

この世界にウォッカが存在することがまずおかしいのだ。

いったいなぜ……と考えるまでもなく答えは決まっている。

彼女たちのせいだ。

「ウォッカ・マティーニなんて飲むのね」

背後から声をかけられた。

鈴を転がすような美しい声。振り返らなくてもわかる。

「……アルファか」

「久しぶりね」

「ああ」

久しぶりに会った彼女は少し大人びていた。

金色の美しい髪に青い瞳。シンプルなドレスがバーの雰囲気によく似合っている。

「強いお酒は苦手だったでしょ」

「そんなこと言ったか？」

「いいえ。でもあなた、美味《おい》しそうにお酒を飲んでたこと一度もなかったから」

鋭い。

僕はアルコール全般の味がよくわからない。なんとなくカッコいいから飲んでいるだけなのだ。

「別に、苦手ではない」

「そう。苦手なのね」

アルファは小さく笑った。

「お待たせいたしました。ウォッカ・マティーニです」

カイがプルプル震えながら僕の前にカクテルを置いた。

震えがさらに鋭くなっている。凄《すさ》まじいプロの技術だ。

「私はマンハッタンをお願い」

「……かしこまりました」

アルファが頼んだマンハッタンはウイスキーベースのカクテルだったはず。

だがこの世界にウイスキーなんてあるはずがない。

「ウイスキーが完成したのか」

僕は知っている感じを装ってカマをかけてみた。

「ようやくね。まだ市販はしていないけれど。売り出せば相当な高値で取引されるでしょうね。試飲したベガルタ帝国の貴族はボトルに２００万ゼニーの値をつけたわ」

「そ、そうか……」

やっぱり、やっていた。

調子に乗って蒸留酒の知識アピールなんてするんじゃなかった。

「これもあなたの知識のおかげよ」

「うむ……」

全く、その通りだ。

僕はやけくそ気味に一息でウォッカ・マティーニを飲み干した。

「……お味はどう？」

「それなりだ」

アルコールの味がしただけだ。

「ふふ……」

アルファは微笑《ほほえ》む。

「どうかしたか？」

「別に。嬉《うれ》しくて」

「何が嬉しい」

「そのスーツ。やっと着てくれたのね」

「ん、ああ」

「私がオーダーしたの。素材は黒蚕のシルクよ」

「おぉ……」

黒蚕は前世の蚕より遥《はる》かに巨大で狂暴、おまけに猛毒もある。そのシルクは熟練のハンターしか調達できない最高級素材である。

「あなたがすっぽかした約束もチャラにしてあげる」

そう言って、アルファは嬉しそうに僕のスーツ姿を眺めた。

僕はいったい何の約束をすっぽかしたのか見当もつかなかった。

「……お待たせいたしました。マンハッタンです」

「ありがと」

今日のアルファはご機嫌である。

彼女はマンハッタンを一口飲んで頷《うなず》いた。

「もう少し熟成した方が合うわね。でも、悪くない」

アルファはグラスを置いて僕を見る。

「お酒嫌いのあなたがわざわざバーに来るなんてね。何かあったの？」

「ん？　別に……部屋に会員証が落ちてたから」

「盗聴を心配しているのね。この店なら何でも話せるわ。今は関係者しかいないもの」

彼女の雰囲気が真剣なものになる。これはつまり、スパイごっこに付き合ってくれるということだ。

「そうか……例のミッションはどうなった」

「……例のミッションね」

彼女は真剣な顔でそう言った。

「オリアナ王国の顚末《てんまつ》は報告書で伝えた通りよ」

「ああ、あれならミッションをコンプリートする合間に3秒で読んだ」

定期的にシャドウガーデンから大量の報告書が届くのだ。

全《すべ》てわけわからん古代文字で書いてあるから届いた瞬間焼却処分しているが。

「3秒って……まさか脳の処理速度を高速化しているの？」

「ふっ……」

僕は無言でグラスに口を付ける。

「まだ話せない技術なのね。高度な技量が必要なことはわかる。脳の負荷と失敗した際のリスクも……確かに、今の私たちには扱いきれないわ。でも、私たちはあなたの指導を忠実に守って鍛錬を続けているから。その時が来たら教えてちょうだい」

「……期待しているぞ」

「あなたの期待は裏切らない。絶対に……！」

「それで、例のミッションは？」

「計画は順調よ。ローズ・オリアナは女王として戦うことを決めた」

「全て当初の計画通りだな」

「初めて彼女と接触した瞬間から、あなたはこの結果が見えていたのよね。随分あの子のことを気にかけているようだったから嫉妬《しっと》しちゃったわ」

アルファは冗談っぽく言う。

「彼女は計画には必要な駒だ」

「……わかってる。奴《やつ》らを表舞台に引きずり出すために必要なことだって」

「表舞台？」

「どうしたの？」

「いや、何でもない。あらゆる視点から物事を精査し直近の未来に起こり得る最悪の可能性を想定していた」

「あなたは本当にあらゆる可能性が見えているのね。でも、もう少し私たちのことも……いえ、何でもないわ」

アルファは何かを言いかけて止《や》めた。

「あなたは昔から変わらない。ずっと大きな夢を追い続けてる。その夢は大きすぎて、私たちにはほんの一端しか摑《つか》めていないけど……でもようやく準備が整ってきた。そうでしょ？」

「遥か先を見据えれば、まだほんの一歩にすぎないがな」

「わかってるわ。オリアナ王国はシャドウガーデンの資本と技術を入れて改革を進めているわ。この件は任せて。今のところ順調だから」

「そうか。順調ならそれでいい」

「そうそう、古代文字の暗号を新しくしたから」

アルファは数枚の紙をよこす。わけわからん暗号がびっしり書かれていて、僕は思わず顔を顰《しか》めた。

「暗号の解読表だったけど、あなたには簡単すぎたかしら」

「うむ……」

だめだ、目がしょぼしょぼする。

「……リンゴジュースを頼む」

僕は紙をポケットに入れて言った。

「え？　あ、はい、リンゴジュースですね」

カイが意外そうに目を丸くした。

「話の続きだけど、ミドガル学園の事件。ゼータの報告書が届いたわ。ようやくね」

アルファはため息交じりに言った。

「毎回遅いのよ、あの子。あなたからも言ってあげて」

「彼女には彼女のやり方があるだろう」

「そうやってすぐ甘やかすんだから。でも、あの子のおかげでフェンリル派を壊滅できたのも事実」

「例のフェンリル派か」

「事前に隠しアジトから逃走経路まで全て調べ上げていたみたい。あなたがフェンリルを倒した後、半日足らずで壊滅させた。手際がよすぎるわ」

「なるほど」

例のテロリストのことか。

「今回はオリアナ王国の事件もあったから動かせる人員が少なかったの。ゼータとウィクトーリア、それからナンバーズが数人、たったこれだけでフェンリル派を半日で壊滅させられるとは思えない。あの子のことだから、報告していないことがあるのかも」

アルファは再び大きなため息を吐《つ》いた。

「あなたからも言ってあげて。ちゃんと報告するようにって。あと、あんまり無茶しないように」

「うむ」

「絶対だからね」

「うむ……」

「お待たせいたしました、リンゴジュースです」

「うむ！」

うまい。

いいリンゴを使っているな。

「戦後の処理もゼータがやってくれたわ。我々の動きを上手《うま》く隠蔽《いんぺい》してくれた。ディアボロス教団側は騎士団の内通者が隠蔽したみたい。だから今回の事件も、表向きにはテロリストによる襲撃よ」

「うむ、いつも通りの設定だな」

「それから、クレアさんが意識不明になった件だけど。ゼータからの報告はいまいち要領を得ないわ。再調査すべきかもしれないけど……」

「大丈夫だ。しばらく寝かせといてやってくれ」

どうせ留年はほぼ確定なのだ。だったら一秒でも長く寝ていてほしい。

「え、でも……」

「姉さんの件は僕に任せてくれ」

「わかったわ。やっぱり、あなたも心配なのね」

アルファは小さく微笑んだ。

「そうそう、テロリストの件で思い出したけど……」

僕は今日クリスティーナさんが教室で話していたことを思い出した。

「うちの学校にエライザっていう生徒会副会長がいるんだが、事件のどさくさに紛れて生徒を暴行したり色々とやってたんだ」

「エライザ……ああ、あの大貴族の」

「そうそう、エライザ副会長がやらかした事件について騎士団が調査しているみたいなんだけどさ、何か無罪になりそうなんだよね」

「有罪にしたいの？　あなたが望むなら……」

「いや、そういうことじゃない。彼女が有罪になろうが無罪になろうが関係ないし。ただ、証言も証拠も揃《そろ》ってるのに無罪になるなんて、ちょっと……」

羨《うらや》ましいなって。

「そうね……あなたが言う通り、ミドガル王国の腐敗も深刻よ。国が大きい分、オリアナ王国より根が深いかもしれない。エライザ・ダクアイカンの父ブラッド・ダクアイカン侯爵は腐敗の象徴ともいえる派閥の長《おさ》」

「ふむ」

「派閥の名は『十三の夜剣』よ。彼らはその名の通りミドガル王国の十三人の権力者から構成された秘密結社。ミドガル王国の陰の支配者とも呼ばれていて、ディアボロス教団や他の犯罪組織とも関係が深いわ。エライザ・ダクアイカンが無罪になるのも、ブラッド・ダクアイカンの指示ね」

「陰の支配者だと……」

「事件の処理に直接関わったのはおそらくこの男よ。ゲーテ・モーノ伯爵。『十三の夜剣』の末席でブラッド・ダクアイカンの腹心で検察のエースよ。貴族の犯罪は彼の管轄で処理される。今回も確たる証拠なしとして不起訴になるんでしょうね」

アルファは似顔絵と経歴の書かれた紙を見せた。

これがゲーテ・モーノか。なかなか悪そうな顔だ。ついでに他の十二人の経歴書も見せてもらう。

「目撃者も証言も証拠も揃っているのに？」

「いつものことよ。どんな事件も彼の手にかかれば隠蔽される」

「ほう」

「ゲーテ・モーノだけじゃないわ。他の『十三の夜剣』も権力を私物化しミドガル王国を腐敗させている。教団と繋《つな》がりがあるせいで、誰も手を出せずに増長し続けているのよ」

「『十三の夜剣』なんて羨まし……悪い奴らなんだ」

「いずれ処理するつもりだけど、今はオリアナ王国の改革で手いっぱいだから。しばらくは泳がせておくつもりよ」

「なるほどな……」

これが異世界の大貴族か。

どれだけ悪いことをしても無罪になる陰の支配者たち。

「……いいこと考えた。ありがとう、アルファ」

僕はリンゴジュースを飲み干して席を立つ。

「楽しそうね。何をするつもり？」

「……いずれわかる」

「そう。また何かあったら連絡して」

アルファの姿は霧になって消えた。

やるな。

なかなかクールな退場だ。

「ツケといてくれ」

そう言い残し、気配を消し夜の闇へと消えた。


ゲーテ・モーノ伯爵は、ふと顔を上げて窓の外を見た。

ミドガル王国の夜の街並みが街灯に照らされて浮かび上がっている。誰かに見られているような気がしたが……。

「気のせいか」

彼はそう呟いて書類仕事に戻る。

パチパチと、暖炉の火が燃える。

万年筆が書類の上を進む。静かな夜だった。

彼は万年筆を置き、冷めたコーヒーに口を付けた。

「冷めてなお、この香り。さすがはミツゴシ製の最高級の豆だ」

満足げに何度も頷き、そして卓上の書類に目を向けた。

それはエライザ・ダクアイカンの事件の一連の流れと、隠蔽工作にかかった費用、そして買収と排除すべき人物をまとめたものだ。

今回も無罪に持っていけそうだが、簡単な仕事ではなかった。

いささか目撃者が多すぎる。

特に王族であるアレクシア・ミドガルと、大貴族のクリスティーナ・ホープに目撃されたのが痛かった。

その二人の証言を覆すために、どれだけの借りを作ったか。

ゲーテは立ち上がり窓の外を見据える。窓ガラスに疲れたヒキガエルのような顔をした中年が映った。

「相応の対価は支払ってもらいますよ、ダクアイカン様」

さすがに、今回は骨が折れた。

まだ始末すべき人間も残っている。

カナデという下級貴族の目撃者だが、放っておくといずれ邪魔になるだろう。

しかしゲーテが得意なのは書類仕事と利害関係の調整だ。荒事は他の『十三の夜剣』に任せた方が上手くいく。

「まぁいい。そろそろ夜剣の末席にいるのも飽きてきたところだ。相応のポジションを用意してもらえるだろう」

ゲーテはこの見た目でまだ三十代である。

『十三人の夜剣』には亡き父の跡を継いで入ったが、若いことで損な役を任せられてきた。

父の死にも謎が多かった。事故として処理されたが、背中に刺し傷があったことをゲーテは忘れていない。

「……真実は闇の中。それでいい」

エライザの件も、父の件も、本質は同じだ。闇を暴こうとすればどうなるか、身をもって知ることになるだろう。

ゲーテは窓から離れて卓上のベルを鳴らし使用人を呼んだ。書類に封をして、ダクアイカン侯爵宛に送れば……。

「……ん？」

ふと視線を感じ、顔を上げた。

いつもの見慣れた仕事部屋だ。自分の他に誰もいないはずだった。

だが、ピエロがいた。

いつの間にかソファーにそれが座っていた。

暖炉の灯《あか》りに照らされて、血濡れのピエロがじっとゲーテを見ている。

「な……何だ貴様はッ！　いつからそこにいた⁉」

ゲーテは咄嗟《とっさ》にベルを鳴らす。

「誰か‼　早くこいつをつまみ出せ‼」

甲高《かんだか》いベルが静かな夜に響いた。

「おい、誰かいないのか‼」

ゲーテの怒声と、ベルの音だけが虚しく響く。

血濡れのピエロは微動だにせずに、慌てふためくゲーテをただ見据えていた。

「おい……誰か、誰かいないのか⁉」

おかしい。

最初にベルを鳴らしてから、十分な時間が過ぎた。いつもならすぐに警備の兵が来るはずだ。

静かな夜だった。

いや……静かすぎる夜だった。

「……まさか」

ゲーテの手からベルが滑り落ち、床に落ちた。

ピエロがゆっくりと立ち上がる。

その手から滴《したた》る血は、まだ新しい。

ピチャッと、奇妙な足音が鳴る。高級なラグに血の足跡が付いた。

「まさか……貴様、館の人間を……ッ」

血濡れのピエロは答えなかった。三日月のような笑みが張り付いた仮面の奥で、じっとゲーテを見据えていた。

「ヒッ……」

小さな悲鳴を漏らし、ゲーテが後退《あとずさ》る。

ピチャ、ピチャ、とピエロが距離を詰めてくる。

「な、何者だ、なぜ私を……私に手を出してただで済むと思っているのかッ‼」

ピエロは答えない。

ゲーテの虚勢を嘲笑《あざわら》うかのように、ピチャピチャとゆっくり距離を詰める。

ふと、ゲーテの脳裏に父の死に顔が蘇った。

「まさか……まさか……私を消すつもりかッ⁉　こ、これだけ組織に貢献した私を、『十三の夜剣』は切り捨てるというのか……ッ！」

ピチャッ……。

足音が止まった。

血濡れのピエロが、仮面の奥で笑っている。

「そういうことか……父と同じように、私をッ……」

ピチャピチャ、と足音が再開した。

それは明らかに早くなっている。早足に、手が届く距離まで……。

「ヒッ……来るな、来るなぁぁぁぁああああ!!」

ゲーテはコーヒーカップを投げつけた。

血濡れのピエロの仮面にカップが当たり、割れて黒い液体をぶちまけた。

ゲーテは反転し走る。

これでも魔剣士学園での成績は優秀だった。肥えて身体《からだ》はなまっていたが、普通の人間より遥かに素早く動ける。

ゲーテは一瞬で部屋の扉まで辿《たど》り着くと、勢いよく開けた。

このまま騎士団に駆け込めば。

逃げ切れる……そう希望を抱いた瞬間だった。

「ひッ……ぁぁあああああッ!」

しかしゲーテはドアの向こうにいた存在に押し倒された。

「な、何をする、どけッ!」

必死にもがき、這《は》いずった。

そして体にべったりと付いた血に気づき、自分を押し倒したのが何なのかを知った。

「お前たちは……警備の……ぁぁ」

事切れた警備の死体だった。

素行は悪いが、とびきり腕の立つ魔剣士を大金で雇っていた。

それが無惨《むざん》に殺されていた。

「ひッ……うぁぁぁぁぁぁぁあああああ！」

ゲーテは死体を蹴《け》り這い出す。

ピチャ、ピチャ、と足音が耳元で止まった。

「ぁ……」

顔を上げると、ピエロの仮面がゲーテを見下ろしていた。

「あ、ぁぁ……ッ」

ピエロはその手に、一枚のトランプを持っていた。

「や、止め……あッ」

カシュッと音がして、トランプがゲーテの眉間《みけん》に突き刺さる。

ゲーテは信じられないものを見るかのように目を見開いて、眉間に刺さったトランプに触れた。

「ぁ……」

そのままゆっくり後方に倒れていった。

床に広がっていく血を見下ろして、ピエロは呟く。

「まずは一人……」

その声は静かな夜に響いた。

一章

『ジャック・ザ・リッパー』参上！

The Eminence in Shadow
Volume Six
Chapter One

クリスティーナはミドガル王都のホープ家別邸で朝を迎えた。

彼女が寮で眠るか、それとも別邸で眠るかはその日の気分によって変わる。しかし最近はもっぱら別邸で眠っている。

それは気分の問題ではない。自衛のためだ。

「もう朝か……」

クリスティーナはカーテンの隙間からこぼれる朝日に気づき顔を上げた。

瞳の下には薄く隈《くま》ができている。事件の資料をまとめるのに夢中になっていたようだ。

クリスティーナはペンを机に置き大きく伸びをした。

そして資料を手に取り、ため息を吐《つ》く。

「有罪に持っていくのは厳しいか……」

資料には事件の概要と証言がまとめられているが、エライザの犯行は事件ではなく事故として処理される見込みだ。

まだ十代の学生である生徒たちが、生命を脅かされるテロに巻き込まれ、大きなストレスを感じる状況下で平静を失った結果、不幸な事故が起こった。

そういうストーリーらしい。

「証拠の隠蔽《いんぺい》と捏造《ねつぞう》はゲーテ・モーノ伯爵の仕業《しわざ》。『十三の夜剣』の影響力がこれほどだったとは」

証拠の捏造や隠蔽はお手のもの、必要とあれば殺人も躊躇《ちゅうちょ》なくやるだろう。

実際、クリスティーナの周りでも不穏な気配を感じる。別邸で眠るようになったのもそのためだ。

「腐敗が進んでいる。私の力だけじゃどうにもならない。ホープ家の力を使ったとしても……」

父はこの事件に乗り気ではなかった。下級貴族の娘を助けて何になる、父はそう言った。

誰もが腐敗から目を背ける。

十三の夜剣の横暴が許されるのも、彼らに力があるからだ。

「力が……足りない」

権力、武力、財力、組織力……力さえあれば、何をしても許される。それがこの国の現実だった。

「下級貴族の娘を助けて何になる……か」

何にもならない。

それで世界は変わらない。

貴族として、父の言葉が正しいことは理解できた。

しかし、それで感情が納得するわけではない。

堂々と悪事を働いている者がいるのに咎《とが》めることもできない無力感。

そして助けを求める少女に手を差し伸べることすらできない自分に対する失望。

この感情をどう処理すればいいのか、クリスティーナはわからなかった。

もし自分に力があれば、悪を断つことができるのだろうか。

例えば……そう、シャドウのような。

クリスティーナは想像した。あの圧倒的な力で、十三の夜剣を薙《な》ぎ倒していく様を。悪を断ち、弱者を助け、国を守る姿を。

クリスティーナはそこまで考えて自嘲《じちょう》した。

「……やめよう」

自分が惨《みじ》めになるだけだった。

大きく息を吐いて疲れた目をほぐす。

気分を変えようと、クリスティーナはエライザと夜剣に関する資料を引き出しにしまった。

そしてまた、別の資料を取り出す。

「シャドウ……そしてシャドウガーデン……」

新たにクリスティーナが取り出した資料は、彼女が独自に調べたシャドウガーデンのものだった。

「シャドウガーデンの活動は一年以上前に始まっていたと見られているが、詳細不明。当時からシャドウは組織のトップだったと見られるが……これも詳細不明。もう、詳細不明ばかりね」

ぱらぱらと資料を捲《めく》っていく。

そこにはスクラップされた手配書や記事が大量に貼り付けられていた。

「王国北部の記事の集まりが悪いわね。向こうでもシャドウの活躍が確認されているのに。まだ似顔絵も少ないし、しかも質が悪い」

ぶつぶつ文句を言いながらも、資料を眺めるクリスティーナの顔色はよくなっていく。

「彼は大いなる使命を背負っている。そのために血濡れの道を歩き、日の当たる世界にはいられなくなった……でも、彼らは悪を断った。私と違って……」

そして再び自嘲する。

唐突に部屋の扉がノックされた。

「入るぞ」

中年の男性が部屋に入ってくる。

クリスティーナは魔剣士としての実力を最大限発揮し、圧倒的な速さで資料を引き出しに押し込んだ。

「お父様……おはようございます」

「寝不足か、クリスティーナ」

「いえ、少し考え事を。何か御用ですか？」

「わかっていると思うが、十三の夜剣を怒らせるような真似《まね》はするなよ。敵対すれば厄介《やっかい》なことになる」

「……」

クリスティーナは無言で小さく頷《うなず》いた。それが、せめてもの抵抗だった。

「これから慌ただしくなる。迂闊《うかつ》な真似をすれば、ホープ家もどうなるかわからん」

「お父様、慌ただしくなるとは？」

「ああ、言っていなかったか」

父はため息を吐《つ》いて言った。

「ゲーテ・モーノが死んだ」

「え……」

「どこの貴族も大騒ぎだ。夜剣は殺気だっているらしい。王都が荒れるぞ」

クリスティーナは父の背中を見送ると、急いで着替えて事件現場に向かった。

アレクシアはモーノ邸の廊下を歩いていた。

「ここにも、血の足跡が……」

絨毯《じゅうたん》の上に赤黒い足跡が続いている。

「アレクシア王女、触らないでください。まだ証拠を……」

「それぐらいわかっているわよ」

アレクシアは目付け役の騎士を睨《にら》んだ。

「アレクシア王女‼」

声をかけられたアレクシアは振り返る。

「クリスティーナ」

そこにいたのは、例の事件で知り合ったクリスティーナだった。

「ゲーテ・モーノ伯爵が死んだって……何があったのですか」

彼女は息を整えながら言う。

「何者かに殺されたらしいわ。今騎士団が現場検証をしている」

「まだ犯行現場には入れないから、廊下を見ているところよ」

「廊下を？」

「ええ。この足跡、おかしいと思わない？」

アレクシアは廊下に続く血の足跡を指して言った。

「やけにくっきりと足跡が付いていますね」

「それもおかしいけれど、もっとおかしいのは犯人が全く急いでいないことよ。何人も殺したのにただ普通に歩いている」

アレクシアは血の足跡と同じ歩幅で歩き出す。

「むしろ、ゆっくりと歩いているようにも見えます」

「おかしいでしょう。普通、さっさと逃げたいはずよ。まともな神経じゃないわ」

「捕まらない自信があった、とか」

「……あながち間違いじゃないかもね」

「どういう意味ですか」

「ゲーテ・モーノ伯爵は『十三の夜剣』によって口封じされた」

「それは……ッ」

「彼は今回の事件で目立ちすぎたから。処分されても不思議ではないわ」

「ですが、何もこのタイミングで……」

「そこが不可解なのよね……」

思考が詰まったその時、お目付け役の騎士がアレクシアを止めた。

「アレクシア王女、現場に入る許可が出ました」

「行きましょうか」

「はい」


アレクシアたちは騎士団の責任者に案内された。

「私はこの現場の責任者、騎士団捜査課課長のグレイです。くれぐれも、遺体に触れたり物を動かしたりしないようお願いします」

「わかってるわ」

「私は作業に戻ります。何かあったら言ってください」

「ええ」

部屋に入って感じたのは、強い血の臭いだった。

それも当然だ。

扉の前には複数の遺体が置かれたままで、その奥にはゲーテ・モーノ伯爵が頭から血を流して仰向けに倒れている。

「死因は眉間《みけん》への一撃ね。でも、凶器が普通じゃないわ……」

アレクシアは遺体の傍《かたわ》らにしゃがんで言う。

周囲ではまだ騎士団が慌ただしく作業していた。

部屋の入り口でクリスティーナが呆然《ぼうぜん》と立っていた。

「クリスティーナ、どうしたの？　入っていいのよ」

「え？　あ、はい」

クリスティーナはハッと我に返ると慌てて入ってきた。

「気分が悪いなら帰った方がいいわ」

「いえ、大丈夫です。死体の頭に刺さっているのは……トランプでしょうか。珍しい絵柄ですが」

クリスティーナが首を傾《かし》げて言う。

「ミツゴシ商会製の高級トランプ。おそらく期間限定の商品よ」

「購入者を割り出せるかもしれませんね」

「どうかしら。ミツゴシ商会ほどの規模になれば、限定商品でも数千個は販売されるわ」

「時間がかかりますね……スペードのエースか」

ゲーテ伯爵を見下ろして、クリスティーナは呟《つぶや》いた。

目を見開き呆然とした表情で絶命した伯爵。

眉間のトランプはスペードのエース。

絵柄の骸骨《がいこつ》の騎士が、彼の死を暗示しているかのようだった。

「なぜ、わざわざトランプを……ゲーテ伯爵は魔剣士学校で優秀な成績を収めていたわ。優秀な魔剣士の眉間を、ただの紙のトランプで割る。相当な魔力が必要よ」

「普通の紙の魔力伝導率は10%以下です。ミスリルとは比較になりませんね。抵抗を抑えるため、高度な魔力制御の技術も必要になってきます。なぜそんな回りくどい真似をしたのでしょう」

「わからないわ。でも犯人像はある程度絞れた。大量の魔力を持っており、高度な魔力制御ができる魔剣士よ」

「そうなると、ただの殺人じゃないかもしれません。普通はわざわざトランプを使ったりしませんから」

「もっと効率的な手段を使うわね」

「何かしら意図がありそうですね。トランプといい、足跡といい、不可解なことが多い。もしかしたら関係者だけにわかる隠語のような……」

「見せしめ、怨恨《えんこん》、何らかのメッセージか……あり得るわね」

遺体の前で、しばらく二人は考え込んだ。

沈黙を破ったのは騎士団の声だった。

「目撃者がいただと⁉　本当か？」

騎士団の現場責任者グレイが言った。

「はい。使用人はどうやら、気絶していただけのようです。目を覚ました何人かが犯人の姿を目撃していました」

「それで、犯人の人物像は？」

アレクシアとクリスティーナも会話に耳を傾ける。

「それが……血濡れのピエロらしいです」

「何？　ピエロだと？」

「血濡れのピエロがいつの間にか目の前にいて、次の瞬間目の前が真っ暗になった。気が付くと朝だったとのことです。目撃者全員が同じような証言をしているため、間違いないかと思われます」

「……顔はわからないんだな？」

「はい。ピエロの仮面で隠れていたと。背は高く見えたとのことですが、衣装の関係でそう見えただけかもしれません」

「他に情報は？」

「いえ……周辺にも聞き込みを行っていますが目撃者はまだ見つかっていません」

「聞き込みは続けろ。ピエロの仮装をしていれば目立つはずだ。全く、ふざけた奴《やつ》だ」

グレイは部下を見送ってため息を吐いた。

「ピエロの仮装に、凶器のトランプ。不可解な事件ですね」

「おっと、これはアレクシア王女。盗み聞きとはお行儀が悪い」

グレイは眉を顰《しか》めた。

「犯人は何か意図を持ってメッセージを残しているように思います。グレイ課長はどうお考えですか？」

「アレクシア王女、そう難しく考える必要はありませんよ。これは単純な事件だ」

「単純？」

「犯人はゲーテ伯爵に恨みを持つ金持ちです。大金で腕利きの殺し屋を雇ったが、そいつはイカレた殺人者だった。それだけですよ。素人《しろうと》は事件を複雑に考えがちだが、人間の動機はいつだって単純です。メッセージを残す犯人なんて、ナツメ先生の小説の中だけですよ。もしかして、アレクシア王女もお好きですか？　ナツメ先生のチャーロック・ホームズシリーズ」

「いえ、私は……」

「面白《おもしろ》いですよねぇ。私も全巻持ってますよ。でも、あれは小説だから面白いのであって現実は……」

「ですから、私はチャーロック・ホームズなど好きではありません！　どうして私があの女の！」

「おや、アレクシア王女はもしかして名探偵コニャン派でしたか。薬によって子猫になった名探偵の……」

「ですから、違います！　私はこの事件に裏がないか心配なだけです‼」

「そうでしたか。それなら、御心配には及びません。さっきも言った通り、犯人像は既に固まっています。ゲーテ伯爵に恨みがある大金持ち……例えば、クリスティーナ嬢とか」

グレイ課長は自信に満ちた笑みで言った。

「そんな、私は違います！」

「動揺していますね。ちなみに、あなたを疑っているのは私だけではありません」

「どういうことですか」

「例の人たちも、と言えばわかるでしょう」

「夜剣ですか……」

「さて、私もそろそろ仕事に戻ります。犯人を捕まえるために、証拠を集めなければいけないので」

グレイ課長は背を向けて、決め台詞《ぜりふ》を放つ。

「真実はいつも一つ……ナツメ先生の作品、面白いのでぜひ読んでみてください」

ガハハハ、と笑ってグレイ課長は姿を消した。

「確かに、ゲーテ・モーノ伯爵が殺されて最も喜ぶであろう人物はクリスティーナでしょう」

「ですから、私は違います！」

「もちろんわかっているわ。でも、世間からはそう見られる。気を付けた方がいいわ」

「夜剣に目を付けられますね」

「私がもう少し助けてあげられればよかったのだけど……王族が司法に介入するのはあまり好ましく思われないのよ」

「いいえ、アレクシア王女の事情はよく理解しています。有利な証言をしていただけるだけで十分です」

「ごめんなさいね」

「ゲーテ伯爵の死が私にとって利があるのはまぎれもない事実です。よく考えて立ち回るつもりです」

「裁判を有利に進められるかもしれないわね」

クリスティーナは頷いた。

「アレクシア王女、少し見てもらいたいものが」

「何かしら」

クリスティーナに連れられて、アレクシアはゲーテ伯爵の机の前に移動した。

「机の上にコーヒーを零《こぼ》した痕跡《こんせき》があります」

「ええ。カップは割れて散らばっているわね。中身が机に零れるのは普通だと思うけど」

「その形が問題なのです。綺麗《きれい》な長方形の跡になっている」

「なるほど！　ここに何かが置いてあったということね。書類のようなものが……」

「書類の上にコーヒーが零れて、それを誰かが持ち去った。そして長方形に切り取られたようなコーヒーの跡が残った。そう考えるのが自然です」

「現場のものは何も動かしていないはずよ」

「だとすれば犯人か、それとも騎士団か」

声を潜《ひそ》めて、クリスティーナが言った。アレクシアの顔が険しくなる。

「騎士団を信じるのは危険かもしれないわね。お互い注意しましょう」

「ええ。アレクシア王女も」

二人はそのまましばらく現場を見て、別れた。

その日の放課後。

クリスティーナはミドガル学園の教室で事件の話をするためにカナデを待っていた。

カナデは白い霧の中でエライザの悪行を暴露した少女だ。当然、恨みを買って夜剣に敵視されている。

「お、お待たせしました、クリスティーナさん」

カナデは周囲を警戒し怯《おび》えた様子だった。

教室にはまだ帰り支度をする生徒が少し残っているが、ダクアイカン派が過激な手段に出る可能性は十分に考えられる。

「カナデ、朝の事件は聞いたかしら」

「はい、もちろん。まさかゲーテ・モーノ伯爵があんなことになるなんて……」

「これで状況が変わったわ。良い方にも、悪い方にも」

「悪い方にも？」

「ええ。あなたは狙われるわ。間違いなくね」

「……ッ⁉」

カナデの顔が蒼白《そうはく》になる。

「これまであなたに危害が及ばなかったのは、ダクアイカン派に余裕があったからよ。わざわざリスクを冒して手を下すまでもないと。だけど、ゲーテ伯爵の死で状況は変わった」

「向こうは不利になった……ということですか」

「ええ。なりふり構っていられないでしょうね。もちろん、私も狙われるかもしれない。それで、カナデに提案なんだけど……」

クリスティーナが言いかけた、その時。

「うぁぁぁ⁉　な、何だこれ‼」

教室に情けない男子生徒の声が響いた。

「……どうしたの？」

クリスティーナは叫び声を上げた男子生徒に声をかけた。

教室には既にクリスティーナとカナデ、そして情けない悲鳴を上げた男子生徒しか残っていなかった。

「ク、クリスティーナさん……ッ」

黒髪の少年は慌てながら振り返る。

彼はその手に書類のようなものを持っていた。

「あなたはクレア・カゲノーさんの弟の……シド・カゲノー君だったかしら」

クリスティーナは記憶から絞り出すかのように彼の名を呼んだ。

彼は平凡な男子生徒だったが、何かと話題の多い人物でもあったため、かろうじて覚えていた。

「は、はい。見てください。こんなものが落ちていて」

「何かしら……」

書類は汚れて染みができていた。

染みの色は二種類。黒い染みと、赤黒い染みだ。

黒い染みからは微《かす》かにコーヒーの香りが、そして赤黒い染みからは……血の臭いがした。

「これは……ッ」

書類を手にした瞬間、クリスティーナの顔が強張《こわば》った。

そこにはエライザ・ダクアイカンの事件の一連の流れと、隠蔽工作にかかった費用、そして関係者との利害関係を示唆《しさ》する内容がまとめられていたのだ。

間違いない、ゲーテ伯爵の殺人現場で紛失したはずの書類だ。

クリスティーナは慌てて周りに誰もいないことを確認した。

「シド君、これをどこで？」

声を抑えて、クリスティーナは話す。

「えっと、そこの棚からはみ出ていて……誰かが忘れ物したんじゃないかと思って」

それは教室に用意された棚だった。生徒ごとに振り分けられていて、シドが指しているのはクリスティーナの棚だ。

「私の棚に……!?」

「あ、クリスティーナさんの棚だったんですね。すみません、勝手に……」

「いいえ、気づいてくれてよかったわ」

「そうですね。忘れ物しなくてよかった」

「シド君、あなた中身を見た？」

「え？　ああ、ちらっと見ましたけど……」

「そう……見てしまったのね」

クリスティーナの声が低くなる。

「えっと、見ちゃまずい書類でしたか？」

「ええ、見ちゃまずい内容よ」

「一瞬しか見てなかったから、ほとんど見ていないのと同じですよ。じゃ、そういうことでまた明日……」

「待って！」

予想外に素早い動きで立ち去ろうとしたシドの首根っこを、クリスティーナは掴《つか》んだ。

「残念だけど、帰さないわ」

「ええ……そんな横暴な」

シドはめんどくさそうに言った。

「あなたのために言ってるのよ。寝ているうちに首を刈《か》られたくないでしょう」

「そんな、僕の首を刈るつもりですか？」

「私は刈らないわ。でも、誰に見られているかわからない。彼らはあなたがこれを見たと知ったら間違いなく刈りに来るでしょうね」

「彼ら？　よくわからないですけど、そんな書類を教室の棚に入れとく方も悪いと思いますよ」

「私は入れてない」

「え？」

「私は、こんな書類を棚に入れた覚えはないのよ」

「だったら、誰が……」

「私にこの書類を見せたい誰か」

言葉に表せない静かな不安が場の空気を冷たくしていった。

殺人現場から重要書類を持ち去り、わざわざ学園のクリスティーナの棚に運んだ人物がいるのだ。

もしかすると、今この瞬間も近くで監視しているのかもしれない。

悪い話ではないが、動機も正体もわからない以上、不気味だった。

「あれれー何か書かれていますよ」

シドが突然、そんなことを言った。

「何かって、何が……」

シドの位置からは書類の裏しか見えないはずだ。

「書類の裏に赤黒い染みで……よく見たら文字みたいに見えませんか？」

「これは……!?」

書類を裏返すと、そこには彼の言う通り血で文字が書かれていた。

血で滲《にじ》み読み取り辛《づら》いが……。

「ジャック・ザ・リッパー。名前かしら……」

「クリスティーナさんの棚に書類を入れた人物かもしれませんね」

「いったい何者なの……どうして私に書類を……」

クリスティーナは息を呑《の》んで思案した。

「というわけで、僕はそろそろ帰ります」

「待ちなさい」

再び、逃げようとする彼をクリスティーナは捕らえた。

「あの、姉が意識不明で心配で夜も眠れなくて一秒でも早く看病してあげたいので……」

「お姉様のことは知っています。でも、あなたの安全のためにも帰すわけにはいかないのよ」

「自分の身は自分で守れるので」

「あなたの成績は下から数えた方が早かったはずだけど。あなたのために言っているのよ」

「そんなこと言われてもなぁ」

クリスティーナはシドを無視して振り返る。

「それとカナデも今日から帰れないわ」

「え、私もですか？」

カナデが驚きの声を上げた。

「そうよ。これは最初から提案しようと思っていたことなんだけど、あなたたちは今日からホープ家の別邸で生活してもらうことになります」

「えー」

「よかったぁ、これで安心できます」

反応はまちまちだった。

「これはあなたたちの身の安全のため仕方ないことよ。ホープ家の別邸なら護衛できるわ」

「えー」

「ありがとうございます、クリスティーナさん」

「それじゃあ、荷物をまとめて別邸に向かいましょうか」

こうして、三人は共同生活を送ることとなった。

僕は人を殺す時にいくつかのルールを定めてゆるーく守っている。

そのうちの一つが、殺したらかわいそうな人はなるべく殺さないようにしましょうってルール。

そしてもう一つのルールが、悪者はだいたい殺してＯＫってルールだ。

「うん、問題ないな」

僕は今日も、僕のルールの中で生きている。その確認だ。

「色々と想定外なことがあった」

その結果、僕は今クリスティーナさんの家の応接間にいる。

「シド君も飲んだら？　ミツゴシ製の超高級コーヒーよ、この先一生飲めないかもしれないから、一生分飲んでおくべきよ！」

教室での怯えた様子はどこへ行ったのか、貧乏貴族のカナデさんが豪快にコーヒーを飲んでいた。黒髪黒目のショートカットの普通にかわいい少女である。

「僕の分も飲んでいいよ」

ガンマが消費できない量を送ってくるし。

「え、ホントに⁉　シド君大好き！」

随分と軽い大好きをいただいた僕は、ソファーに深く座ってため息を吐いた。

まさかクリスティーナさんの家に泊まることになるとは。

モブとしてこれはいかがなものか……と思ったが、一生分のコーヒーを飲み干そうとしているカナデさんはまさしくモブそのものなので問題ないか。

「うん、問題ないな」

どうやら僕は本日も問題ない人生を歩めているようだ。

「シド君、チョコも食べていい？」

「チョコはダメ」

「えーけちー、シド君きらーい」

カナデさんの手から僕の分のチョコを素早く救出した。

これは新発売の高級抹茶トリュフだな。先月、ガンマが試作品を送ってくれた。一年先まで予約が埋まっていると聞いたがよく手に入れたものだ。

これが大貴族の力か……やはり羨ましい。

「ソファーもミツゴシの高級家具ブランド……シャンデリアも、ラグも、食器も、全部ミツゴシの高級ラインだ……」

どんだけミツゴシマニアだ。というか、どんだけ手広くやってるんだミツゴシ商会。

抹茶トリュフを口に含むと、応接間の扉がノックされた。

「入りますよ」

クリスティーナさんだ。

「この度はお招きいただきありがとうございます！」

凄《すさ》まじい変わり身の早さで深々と頭を下げるカナデ。

「そうかしこまらなくてもいいわ。部屋の準備ができたから案内するわね」

クリスティーナさんに続いて廊下へと出た。

美しい絨毯に、壁や天井の装飾、廊下に飾られた美術品の数々、貧乏カゲノー男爵家とは比べ物にならない豪邸である。

「１７００万……５４００万……９００万……２億……」

隣を歩くカナデが小さな声で呟いていた。

「何してるの？」

「うぇ!?　聞こえてた？」

「うん」

「美術品がいくらぐらいするのか予想してたの」

「ふーん」

僕はカナデが2億と言った壺《つぼ》をよーく目に焼き付けておいた。

「ここが食堂よ。今夜はここで食べる予定ね。その隣が……」

クリスティーナさんは慣れた様子で豪邸を案内していく。そして螺旋《らせん》階段を上って両開きの扉の前で彼女は立ち止まった。扉の前には二人の護衛らしき魔剣士がいる。

「この部屋よ」

そう言って扉を開けると、室内は広い寝室だった。

「うわぁ～お姫様の部屋みたい」

カナデはウキウキでベッドに駆け寄った。

「あの……」

「シド君のベッドは一番左ね」

クリスティーナさんが指定する。

「あのさ……」

「クリスティーナさん、私はここでいい？」

「ええ、いいわ。それじゃ、私は真ん中のベッドね」

「あのさ、なんでベッドが三つあるの？」

僕は部屋に入った瞬間に湧《わ》き出た疑問をぶつけた。

「私たちが三人だから」

クリスティーナさんは数えるように僕と彼女とカナデを指した。

「なるほど、確かに三人だ」

「護衛対象は固まっていた方が効率いいのよね」

「ふむ」

納得の理由である。

「同室だけど、シド君のベッドとは本棚で仕切ってあるわ。それで十分でしょ」

「シド君って実技の成績へなちょこだし、私の方が百倍強いかんね。変な真似したらボッコボコにしたげる。シュシュシュシュ！」

カナデは舐《な》め腐《くさ》った態度で、ベッドの上でファイティングポーズをとり飛び跳ねる。

「わかってるって」

僕は降参とばかりに手を上げて、自分のベッドに座った。ベッドの脇には寮から持ってきた荷物が置いてある。

窓際から僕、クリスティーナさん、カナデの順だ。

「扉の前で窓際か。何かあったら最初に死ぬ位置、貧乏男爵家にはお似合いだ」

僕はボソッと呟いた。

「狙われる可能性が一番低いのよ、シド君が」

「ああ、ごめん。悪気はないんだ」

むしろ喜んでいる。

「扉の前に二人、窓の下に三人の護衛がいるわ。ブシン祭本戦に出場した経験もある腕利きばかりよ」

「ふーん」

「安心していいわ。寮にいるよりよっぽど安全だから」

「ならいいけど。ここに来るまでにだいたいのことは聞かせてもらったけど、今朝何があったか聞いていい？」

と僕は聞いた。

「そうね」

「あ、ごめん、ちょっとトイレに……」

カナデが言った。どう考えてもコーヒーの飲みすぎである。

「隣の部屋にバスとトイレがあるわ」

「はーい」

駆け足で出ていくカナデを見送って、クリスティーナは話し出した。

「何者かにゲーテ・モーノ伯爵が殺されたのよ。明日には学園でも話題になるでしょうね」

「ええ‼　殺人事件だって⁉　なんて物騒な。そういえば、書類には血で名前が書かれていたけど……」

「おそらく現場から紛失した書類よ」

「そんな……なんて恐ろしいんだ！　血で文字を書くなんて残虐《ざんぎゃく》極まりない」

「ゲーテ伯爵の殺され方も普通じゃなかった。これはただの殺人じゃないわ。犯人は何かしらの意図を持って動いている」

「どこにでもいる平凡な学生である僕がこんな凶悪事件に巻き込まれるなんて……」

「かわいそうだけど、我慢してもらうしかないの。あなたも狙われるかもしれないから」

「今夜は震えて眠れないだろう。なぜなら命を狙われているかもしれないから……」

「シド君……」

クリスティーナさんはガタガタ震える僕の背を撫《な》でてくれた。

窓の隙間から、冷たい夜の風が入ってきた。

トイレから戻ったカナデと僕らは遅めの夕食をとった。

ミツゴシ商会が出版した高級レシピ本の料理にアレンジを加えたたいそう豪勢な食事で、サーモンらしき魚の寿司が出てきた時は驚いた。寿司なんて前世ぶりである。

「斬新な料理ばかりで、とっても美味《おい》しかったです！」

部屋に戻ったカナデは興奮した様子だった。

「ミツゴシ商会のレシピ本はハズレがないわ。カナデも実家で試してみたら」

「うぇ⁉　わ、私は高級食材とか買えないし……」

「安価な食材を使ったレシピ本もあるわ。マグロバーガーとか昔は捨てられていた魚を使ってたはず……」

こうして、異世界の食文化は浸食されていくのであった。

僕らはしばらく、ベッドの上で修学旅行のテンションで話を続けた。

しばらくして暖炉がパチパチと燃える中、クリスティーナさんは部屋の明かりを消していく。

「そろそろ寝ましょうか。なんだか、楽しくて話しすぎてしまったわ」

「えー、もっと話したーい」

時刻は零時を回っていた。ブツブツ言いながらも、カナデは布団に入る。

「おやすみ」

僕もカナデに続いて布団をかぶった。

「二人とも、おやすみ」

クリスティーナがそう言いかけた時、扉がノックされてメイドが入ってきた。

「クリスティーナお嬢様、旦那様がお呼びです」

「……二人とも、先に寝てて。私はお父様と話してくるから」

「わかった」

「スピー」

カナデは既に寝ていた。

「ねえ、シド君……」

クリスティーナは扉の前で振り返って僕をじっと見つめる。

「ん？　どうしたの」

「私たち、どこかで会ったことあるかしら」

「教室」

「そうじゃなくて。なんだか、どこかで話したことがあるような気がしたの」

「んー、ないと思うけどなぁ」

「雰囲気かしら。誰かに似ているような気がして……ごめんなさいね、突然こんなこと聞いて」

クリスティーナは誤魔化すように微笑《ほほえ》んで、寝室から出ていった。

——深夜。

クリスティーナは父の書斎にいた。

「大変なことになったぞ」

書類を捲る父の手は震えていた。

「この証拠があれば裁判を有利に進められます。エライザ・ダクアイカンを有罪にできるのです」

「そんなことはわかっている！」

父は机を叩《たた》き、声を荒らげた。

「夜剣を敵に回すことになるんだぞ。元はといえばお前が下級貴族を庇《かば》うような真似をするからこんなことに……！」

「お父様、既に夜剣はホープ家に目を付けています。ゲーテ・モーノ伯爵が殺されたことで、最も利があるのはホープ家なのですから」

「だから、お前が余計な真似をするから目を付けられるのだ！　いや、まさか、お前がゲーテ・モーノ伯爵を……？」

父は怒りから一転、恐れが交ざった視線をクリスティーナに向けた。

「違います！　私は手を出していません。ゲーテ・モーノ伯爵を殺したのはジャック・ザ・リッパーです」

「し、しかし……」

「お父様、カナデを援助しましょう。この証拠を使ってエライザ・ダクアイカンを有罪にするのです。そうすれば夜剣は弱体化し、ホープ家に味方する貴族も増えるでしょう」

「いや、逆に考えろ。ここで証拠を夜剣に送り返せば、向こうも我らを認めてくれるのだ……」

「秘密を知った者を、夜剣が見逃すとでも？」

「くっ……いや、待て。そういえば例の下級貴族を家に招いたそうだな」

「はい。カナデはうちで保護しています」

「でかした。そいつも夜剣に差し出せば誠意が伝わるはず……！」

「させませんよ。もし、そんなことをすればたとえお父様であろうと許しません」

「歯向かうつもりかクリスティーナ！　ホープ家の当主は俺だぞ！」

声を荒らげる父を、クリスティーナは睨んだ。

そして、先に視線を逸《そ》らしたのは父だった。

「この件はしばらく私の方で預かる。ジャック・ザ・リッパーの正体がわからん以上、罠《わな》の可能性もあるからな。証拠の裏を取る必要もある」

「お父様……ッ！」

「ゲーテ・モーノ伯爵が殺されたとあれば、十三の夜剣は必ず動く。次はおそらくクザヤ伯爵とグレハン男爵だろう」

「武闘派の二人ですね」

「十三の夜剣の中でも若い二人だ。だからこそ、何をしでかすかわからん。悪いが、私はまだ死にたくないのだ」

そう言って、父は書類を抱えて退出していった。

クリスティーナは揺れる暖炉の火を眺めて息を吐いた。

「あれが、この国の大貴族か……何もかも腐ってる」

諦めたようにクリスティーナは笑った。

「バカバカしい……夜剣の顔色を窺《うかが》うことしかできない父も、何の力もない私自身も……」

ジャック・ザ・リッパーがなぜクリスティーナのロッカーに証拠を入れたのか。彼女は一つの推測に辿《たど》り着いていた。

「私に告発しろと言うの。そのために夜剣の悪行の証拠を……」

でもクリスティーナは何もできなかった。

証拠を認めさせるには力が必要で、彼女にはその力がなかった。力なき者が証拠を振りかざしたところで潰されるだけだ。

「私に力があれば……」

この国に巣食う寄生虫どもを一掃できたらさぞかし痛快だろう。

ふと思い浮かぶのは、ゲーテ・モーノの死に顔だった。頭にトランプが刺さり、呆然と目を見開いた間抜けな顔。

「フフ……ッ」

クリスティーナは嗤《わら》った。

あの時アレクシアから声をかけられるまで、クリスティーナは我を忘れて奴の死に顔に見入っていた。

深夜の書斎に小さな笑い声が響いた。

クザヤ伯爵とグレハン男爵は、薄暗い隠し部屋で話し合っていた。

「ゲーテ・モーノの件、やはり犯人はわからぬか」

クザヤ伯爵は葉巻をふかして言う。

「目撃証言はどれもこれもピエロの話ばかり。ふざけた野郎だ」

グレハン男爵は吐き捨てるように言った。

「かなりの手練《てだ》れだ。目撃情報は途中で忽然《こつぜん》と消えている。熟練の魔力痕跡追跡班を使っても足取りは掴めなかった」

「プロの仕事だな」

「ああ。ゲーテ・モーノは十分な護衛を雇っていたがいずれも一撃で仕留められた。騎士団の団長クラスの実力はあるとみていいだろう」

「無法都市の人間かもしれねぇ。あそこに暗殺組織『絶狼《ぜつろう》』ってあっただろ」

「『絶狼』であれば実力は十分。しかしピエロの暗殺者の話は聞いたこともない」

「新入りじゃねぇのか?」

「さあな。だが、ピエロの正体はわからなくても、誰が雇ったかは見当がつく」

クザヤ伯爵は机の上に資料を広げる。

「候補はいくつかあるが、特にホープ家が怪しい。だが、証拠がない」

「そいつは残念だ、証拠がねぇのか」

グレハンはそう言って、悪い笑みを浮かべた。

「いつも通り殺《や》っちまえばいいのさ。ちょっと痛めつけてやれば、何でも話すさ」

「早まるな。もし違ったらどうするつもりだ」

「へっ、証拠なんて作ればいいいんだ。死人に口なしだろう」

「相手はホープ家だぞ。後始末が面倒だ」

「は？　今までは大貴族だって殺ってきただろう」

「今まではな。フェンリル派が壊滅したことは知っているだろう」

「フェンリル派？　あー、確か十三の夜剣を援助してくれている宗教団体だっけか」

「そうだ。あそこがシャドウガーデンにやられたせいで、教団の支援を受けることが難しくなった。今は別派閥と交渉中だ。それがまとまるまでは慎重に動く」

「めんどくせぇな。たかが宗教団体が壊滅しただけだろう」

「お前は何も知らない。教団の力と、その恐ろしさを……」

クザヤの真剣な声に、グレハンは息を呑んだ。

彼は動揺を隠すかのように吐き捨てる。

「ケッ、ゲーテの奴が死んだせいでめんどくせぇことになったもんだ」

「焦るな。俺たちは指示があるまでホープ家の監視を継続する」

「兄貴、クリスティーナ嬢って、確か結構な美人だっただろ。もしホープ家を殺る時は譲ってくれよ?」

「好きにしろ。ただし、後始末はちゃんとしろよ」

「やっぱ兄貴は最高だぜ!」

グレハン男爵は下品な笑い声を上げた。

「ゲヒャヒャヒャヒャヒャ」

「おい、うるさいぞグレハン」

「すまねぇ、兄貴」

「……ゲヒャヒャヒャヒャヒャ」

薄暗い地下室に、不気味な笑い声が響いた。

グレハン男爵からは既に笑みが消えていた。クザヤ伯爵は険しい顔で葉巻を置いた。

「おい……誰かいやがるな」

ドスの利いた声でクザヤ伯爵は言う。

薄暗い隠し部屋にはクザヤとグレハンの二人だけ。限られた人間しかこの部屋のことは知らない。

「ゲヒャヒャヒャヒャヒャ」

笑い声はしかし、確かにこの部屋の中から聞こえてくる。

二人は警戒しながら剣を抜いた。

「舐めた真似してんじゃねぇぞ、出てこいやゴルァ！」

クザヤが吠《ほ》える。

「ゲヒャヒャヒャヒャヒャヒャ」

笑い声は変わらず聞こえてくる。

耳を澄まして声の出所を探る。右は違う、左でもない。前と後ろも違う。

そして、二人は上を向こうとした。

その時、ピチャッと。

何かが降ってきた。

赤黒い液体が、テーブルの上に落ちて染みを作る。濃い血の臭いが鼻を刺激した。

天井を見上げる。

そこに、血濡れのピエロが張り付いていた。

「ゲヒャヒャヒャヒャヒャヒャ」

ピエロは二人を見下ろし嗤う。

「てめぇ⁉」

「ピエロだと⁉」

クザヤとグレハンは素早く頭上に剣を振った。

武闘派といわれるだけあって、洗練された動きだ。彼らの剣はピエロを切り裂き血飛沫《しぶき》が舞った。

　ベチャッ、と。

　テーブルの上に血濡れのピエロが落下した。

「殺っちまえッ!!」

　クザヤとグレハンは、笑いながら剣を振り下ろす。

　剣がピエロを切り裂く度《たび》、大量の血が流れ出る。

　そして、ビクンビクンと痙攣《けいれん》しピエロの笑い声が消えていった。

「……殺ったか？」

　無残に惨殺されたピエロを見下ろして、クザヤが言った。

「ゲーテもこいつが殺ったのか？　ただの雑魚《ざこ》じゃねぇか。それとも、俺が強くなりすぎたか」

　グレハンは得意げに剣の血糊《ちのり》を払った。

「俺も昔はブシン祭で鳴らしたからな。俺たちはゲーテの護衛とはわけが違う。相手が悪かったのさ」

　クザヤも笑みを湛《たた》えていた。久しぶりに昔のキレが戻った気がした。

「さてさて、ピエロ君。どんな顔してやがるのか……」

　グレハンが笑いながらピエロの仮面を剣《は》がそうとする。

「おい！　グレハン!!」

「何だよ、兄貴？」

彼はめんどくさそうに振り返る。

「お、お前、頭に……」

「俺の頭がどうしたって？」

「頭の後ろに、トランプが刺さって……ッ」

「はッ？」

グレハンは慌てて後頭部に触れた。

後頭部に、一枚のトランプが深々と刺さっていた。首をつたって流れ落ちていく血を、彼は呆然と拭った。

「あ、兄貴……おで、おでの、頭にどうじで……」

そう言いながら、彼はゆっくりと前に倒れていった。

後頭部のトランプはスペードの２。

ビクビクと痙攣するグレハンを見下ろし、ゆっくりと立ち上がる気配があった。

血濡れのピエロだ。

「お、お前……なぜ、生きている」

明らかな致命傷を負いながら平然と立つピエロに、クザヤは戦慄《せんりつ》した。

クザヤは後退《あとずさ》る。

ピチャ、とピエロが進む。

「待て、狙いは何だ」

ピチャ、ピチャ、とピエロは進む。

「金か？　雇い主は誰だ？　そいつはいくら出した？」

ピチャ、ピチャ、ピチャ。

「ま、待て！　俺は倍出すぞ！　金も、女も、全て用意してやる！」

トン、と背中に軽い衝撃があった。

クザヤの背後には壁があった。

いつの間にか、部屋の端まで後退っていた。

「近づくな！　俺はこれでもブシン流免許皆伝！」

ピチャ、ピチャ、ピチャ、ピチャ。

「間合いに入ったらただじゃすまねぇ――ッ！」

鋭い気迫と共にクザヤは剣を薙ぎ払った。

そこは彼が得意とする間合い。

クザヤの脳裏にはピエロの首が飛ぶ瞬間まで見えた。

しかし、剣は空を斬った。

「な――あの距離で、避けた」

ピエロは足を半歩引いただけだ。

しかしその動きは、人体の理屈を無視し、反応の限界を超えていた。

「お前、いったい……ッ」

カシュッ、と音がした。

「あ、ひゅ……ッ」

クザヤの咽喉にトランプが突き刺さった。

トランプはスペードの３。

彼は血飛沫を吐きながら剣を振り下ろす。

その剣はピエロの鼻先を掠《かす》め、床を叩いた。

「化け……物……」

そのまま前のめりに倒れて、彼は血を吐き、やがて動かなくなった。

そして血濡れのピエロは、二つの死体を担ぎ夜の闇に消えた。

The Eminence in Shadow

I can't remember the moment anymore.
Yet, I had desired to become "The Eminence in Shadow"
ever since I could remember.
An anime, manga, or movie? No, whatever's fine.
If I could become a man behind the scene,
I didn't care what type I would be.
Not a hero, not an arch enemy,

Not a hero, not an arch enemy,
but the existence intervenes in a story and shows off his power.
I had admired the one like that, what is more,
and hoped to be.
Like a hero everyone wished to be in childhood,
"The Eminence in Shadow" was the one for me.
That's all about it.

二章

お泊まり会に刺客が乱入！

The Eminence in Shadow
Volume Six
Chapter Two

王都の大通りは騒然としていた。

「し、死体だ……！」

「何があったんだ？」

「貴族が二人、殺されたらしいぞ！」

「近づくな!!　捜査中だぞ！」

通りの真ん中にある噴水。そこに二つの死体が吊《つ》るされていた。

民衆は噴水の周りに群がり、騒ぎ立てる。

「頭に刺さってるのはトランプか？」

「先日も貴族が殺されたって噂《うわさ》だろ」

「私、知ってるわ。ゲーテ・モーノ伯爵が殺されたのよ。友達のホラコがメイドに行ってて……」

「何、本当か!?」

「本当よ！　ホラコは犯人も見たのよ！　ピエロの仮装をしてたって！」

「なんか、嘘《うそ》くせえな……」

「近づくなと言っているだろう！　離れろ‼」

群がる民衆を騎士団が押し返す。

早朝の大通りにしては珍しい人ごみの中を、赤髪の美しい少女がかき分けていく。

クリスティーナだ。

「通ります、どいてください！」

「あなたは……」

「公爵家のクリスティーナ・ホープです。現場を見させていただきます」

「ああ、ホープ家の。どうぞ、こちらから……」

民衆を抑えていた騎士は、めんどくさそうな顔をしながらも、クリスティーナを現場に入れた。

「これは……」

噴水を見たクリスティーナは息を呑《の》んだ。

二人の男性が噴水の支柱に吊るされているのだ。土気色した死体の顔には見覚えがある。

「クザヤ伯爵とグレハン男爵……」

死体の顔に恐怖と驚愕《きょうがく》の感情が張り付いていた。

「……フッ」

クリスティーナの頬が歪《ゆが》んだ笑みを作る。

また二匹、寄生虫が駆除された。

「十三の夜剣のメンバーが立て続けに三人も殺害されるとは。偶然とは考えづらいですね」

背後から声をかけられた。

クリスティーナは歪んだ笑みを手で隠し振り返る。そこに、騎士団捜査課課長のグレイがいた。

「グレイ課長……どういう意味ですか？」

「正直な感想を申し上げたまでですよ、クリスティーナ嬢」

グレイは軽快に笑った。しかしその目はじっとクリスティーナを観察している。

「貴族が立て続けに三人も殺害された。そして、彼らは同じ組織に所属している。偶然として処理するには、あまりに不自然です」

「そのようですね」

「そして、その組織と揉《も》めている貴族家があるらしいのですよ」

「よく知っているのですね」

「それが仕事ですから」

「仕事熱心な課長さんがいて、騎士団が羨《うらや》ましいですわ。きっと犯人もすぐ捕まるのでしょう」

「もちろんそのつもりです。では、仕事の続きをしてきます」

グレイは背を向けたが、そのまま立ち止まった。

「まだ何か？」

問いかけると、グレイは鋭い視線をクリスティーナの方に向ける。

「そういえばクリスティーナ嬢、何か愉快なことがありましたか？」

「え？」

「さっきあなたが笑っているように見えたので」

「……見間違いでしょう」

クリスティーナは口元の手を外して言った。

「なるほど、見間違いでしたか」

そう言ってグレイは離れていった。

クリスティーナは白いため息を吐《つ》く。そして再び二人の死体に目を向けた。

「クリスティーナさん」

「アレクシア王女……」

呼ばれて振り返るとアレクシアがいた。

「クザヤ伯爵の屋敷に行ってきたわ」

「クザヤ伯爵の？」

「犯行現場はここではないみたい。犯人はクザヤ伯爵邸の隠し部屋で二人を殺害し、わざわざここに運んだのよ。ほら、騎士団が足跡を調査しているでしょう」

「本当だ……」

噴水から続く赤い足跡を、騎士団が這《は》って調べていた。

「屋敷の様子は前回と同じよ。護衛は全員、殺されるか戦闘不能になっていたわ。メイドは気絶させられただけで無事よ」

「見事な手際ですね」

「相当な手練《てだ》れよ。立て続けに難易度の高い暗殺を成功させた。クザヤ伯爵とグレハン男爵もバカじゃないわ。警戒して隠し部屋にいたのに……」

クリスティーナは再び噴水に吊るされた死体を見上げた。

喉と、後頭部にそれぞれトランプが刺さっている。ここから見える外傷はそれだけだ。

「トランプで一撃、前回と全く同じ手口ですね」

「クザヤ伯爵のメイドも血濡れのピエロを目撃したと証言したわ。同一犯とみて間違いない」

「いったい何が目的なんでしょうか。凶器も、ピエロも、噴水まで死体を運ぶのも、何もかもが不自然です」

「わからないわ。これほどの実力を持っている人物は限られる。王都の実力者には捜査が入るでしょう」

「それで犯人が見つかればいいのですが……」

「そろそろ離れましょうか。現場に私たちがいるのを見られるのもよくないわ」

「そうですね。あの、アレクシア王女、この後お話ししたいことが……」

クリスティーナが現場を離れようとしたその時。

「あれれー、おかしいなぁ」

気の抜けた声が現場に響いた。

声を出したのは黒髪黒目の平凡な少年。シド・カゲノーだ。

「シド君、どうしてここに？　屋敷で待っているように言ったのに！」

「屋敷で待っているようにってどういうこと？」

クリスティーナの言葉に、凄《すさ》まじい速さで反応したのはアレクシアだった。

「え、それは……」

クリスティーナはどう説明しようか迷って言葉を詰まらせた。

ジャック・ザ・リッパーの件も含めて、まとめて後で話をしようと思っていたのだ。

「色々あって」

「色々って」

「えっと、その件についてはまた後でお話しするつもりで」

「この後すぐね？」

奇妙な緊張を感じながら、クリスティーナは頷《うなず》いた。

「あれれー、おかしいなぁ」

待ちくたびれたかのようにシドが同じ言葉を繰り返す。

「シド君、どうしてここにいるの？　危険だから待っているように言ったのに……」

「えっと、クリスティーナさんが心配だったからつい」

棒読みでシドが言った。

「二人ともずいぶんと仲がいいのね。いつの間に仲良くなったのかしら」

アレクシアはいい笑顔だ。

「シド君、何がおかしいのですか？」

「トランプですよ」

「トランプは確かにおかしいですけど……」

「トランプがおかしいなんて誰だってわかるでしょ。ったく、これだからポチは」

アレクシアは輪の外でブツブツと文句を垂れる。

「確か、最初の被害者はスペードの１でしたね」

「ええ、そうよ」

「そして、今回の被害者はスペードの２とスペードの３だ」

「番号が続いているって言いたいのね」

「んなもん誰だってわかるわ」

ケッ、と吐き捨てるようにアレクシアが言う。

「番号だけじゃない。全《すべ》てスペードなんですよ。犯人は何か意図があってスペードを選んだ」

「確かに全てスペードだけど、意味なんてあるのかしら……」

「トランプのスートにはそれぞれ意味があるんです。例えばハートは愛、ダイヤは商人、クラブは知識といったように」

「初耳ね。それで、スペードの意味は？」

「一つ目の意味は冬です」

「あーはいはい、今の季節は冬だからスペードを選んだってわけね。見事な推理よポチ」

アレクシアは呆《あき》れたように言った。

「スペードの意味は一つだけじゃない。他にもあるんです。例えば、夜、剣、死」

「夜と剣!?」

「それに死って、まさか……」

クリスティーナとアレクシアは顔を見合わせた。

「スペードのカードは全部で十三枚。ぴったり十三人分ですね」

「まさか十三の夜剣を全員殺すってこと!?」

「いくらなんでもそれは……」

これは完全に、十三の夜剣に対する挑発であり宣戦布告だ。

「何を考えてるのよ。わざわざ予告するなんて、頭がおかしいとしか思えないわ」

アレクシアが言った。

「しかし、犯人は予告通りに三人のターゲットを殺しました。頭がおかしいだけの人間に、そんな真似《まね》はできない」

クリスティーナは考えを巡らせる。

「犯人が何を考えているのか、僕にもわかりません。ただ彼は、もう一つ重大な手掛かりをここに残していった」

シドは意味深に微笑《ほほえ》んだ。

「重大な手掛かりですって？」

「いったいどこに……」

アレクシアとクリスティーナが辺りを見回す。

「あそこです」

シドが指す方を見ると、野次馬たちがざわめいていた。

彼らの視線の先にあるのは二つの死体。それがちょうど、騎士団の手によって噴水から降ろされていく。

そして血に濡れた噴水の支柱が、後に残った。

「支柱の血が文字のように見えませんか？」

「え⁉」

「あれはッ⁉」

アレクシアとクリスティーナは同時に気づいた。

「何だありゃ、血で文字が書いてあるぞ」

野次馬たちも、少し遅れて気づいていたようだ。

「なになに、こっからじゃよく見えねぇぞ。じゃっく……なんて書いてあるんだ」

「ジャック・ザ・リッパー。そう書かれています」

シドのその言葉は不思議と響き、野次馬たちによって瞬く間に拡散されていく。

「ジャック・ザ・リッパーって書いてあるらしいぞ！」

「そいつが犯人の名前か⁉」

「そうだ連続殺人鬼ジャック・ザ・リッパーだ‼」

「王都に貴族殺しが現れた‼　これは貴族への挑戦だ‼」

野次馬たちはそう叫びながら王都を駆け巡る。

「昼までには、王都の全員が事件を知るでしょうね」

アレクシアは恨めしげに言った。

「いずれ誰でもわかることさ」

シドはやれやれとため息を吐く。

「ジャック・ザ・リッパー……」

クリスティーナはその名を小さく呟《つぶや》く。

「どうしたの、クリスティーナさん。何か心当たりが？」

「いえ……少しお話ししたいことが」

彼女は難しい顔をしてそう言った。


アレクシアは渡された証拠の写しを読みながら難しい顔をした。

「そういうことだったの。既にジャック・ザ・リッパーから接触があったのね……」

ここは学園の使われていない教室。

室内にはアレクシア、クリスティーナ、シド、の三人がいた。

「証拠を上手《うま》く使えば、ダクアイカン派を追い詰めることができるでしょう。しかし、ジャック・ザ・リッパーの目的がわからない以上、安易に動くことはできません」

クリスティーナも難しい顔だ。

「敵か味方かもわからない相手だものね。私たちに証拠を使わせたいのでしょうけど、それでジャック・ザ・リッパーにどんな利があるのか……」

「そもそも出所を言えない書類です。使う場所も限られます」

「それについては考えがあるわ。この書類、しばらく預からせてもらってもいいかしら」

「いいですけど、写しですよ。いったいどうするおつもりで」

「お父様に相談してみるわ」

「それは心強いです」

「どうかしらね……」

アレクシアは血の付いた書類を鞄《かばん》に入れて、寂しそうに笑った。

「アレクシア王女？」

「何でもないわ。それより……こいつと一緒に寝泊まりしてるってどういうこと？」

アレクシアはシドの首根っこを摑《つか》んで、クリスティーナの前に突き出した。

「えっと、安全のためですが。彼も情報の一端を見てしまったので、もしダクアイカン派に知られたら面倒なことになりますので」

「同じ部屋で寝ているみたいね」

「警備は一カ所にまとめた方が効率的です」

「それはそうだけど……」

「あ、そう言えばアレクシア王女は以前、シド君とお付き合いするふりをしていたとか」

「そ、それが何か？」

「もしかして本当に付き合っていらっしゃったとか。だとすると、配慮に欠いた私の落ち度でした」

「ち、違うわ、そんなこと絶対にあり得ない」

「その通り、アレクシアと付き合うだなんて、死んでもごめんだ」

「ポチは黙ってなさい！」

　アレクシアはシドの首根っこを乱暴に振り回す。

「ではやはり、付き合っていらっしゃらなかったのですか」

「当然よ。ポチと付き合うだなんてミドガル家の恥なんだから」

「なら、何も問題ないですね」

「え？」

「付き合っていらっしゃらないのであれば、私が一緒に寝泊まりしても問題ないのでは？」

「それは……クリスティーナが心配なのよ。この男に変なことされないか」

「しないよ」

「私の身を心配してくださるのですね。ですが心配には及びません、魔剣士としての腕はシド君より遥かに上ですので」

「確かにそうだけど、ポチも稀《まれ》に凄《すご》く鋭い剣を見せる時があるのよ。万が一のことがあるかも……」

「アレクシア王女はお優しいですね。こんなにも私の身を案じてくださるなんて。でしたら、アレクシア王女もいらっしゃったらどうですか？」

「へ？」

アレクシアは目をしばたたかせた。

「アレクシア王女がいらっしゃれば万が一のことも起きません」

「ないない、アレクシアと同じ部屋で寝るなんて想像しただけで寒気が……」

「黙ってなさい」

アレクシアはシドの口を塞《ふさ》いだ。

「確かにいい案かもね」

「はい、父も喜びます」

「むぐー！」

「ちょっと予定を調整してみるわ」

「ええ、こちらも準備します」

「むぐー！　むぐぐー!!」

「それじゃ、また後で」

そう言って、アレクシアは足早に去っていった。

「なんてことだ、アレクシアが泊まりに来るなんて」

シドが悲壮感漂う顔で言った。

「楽しみね」

「僕は寮で寝るよ」

「ダメよ」

「悪いけど付き合いきれない。僕にはやるべきことが……」

シドが言いかけた、その時。

「いったい何なんですのぉ!?」

廊下から女生徒の声が響いた。

「今の声……！」

「ん？」

「エライザの声よ。何かあったみたいね」

クリスティーナとシドは廊下へと向かった。

廊下はエライザとその取り巻きで騒がしかった。

「私にこんなふざけた真似してぇ。舐《な》めてるのかしらぁ……」

エライザが睨《にら》むと、野次馬たちが蜘蛛《くも》の子を散らすように去っていく。

そして、エライザの視線がクリスティーナを捉えた。

「あらあらぁ、クリスティーナさん。犯人がこんな所にいるなんて、随分と余裕なのねぇ」

「犯人？　いったい何の話でしょうか、エライザさん」

「こんなものを送りつけるなんて、アンタぐらいしかいないでしょうがぁ！」

そう言ってエライザが見せたのは、血で書かれた手紙だった。

『肥え太った十三匹の豚。一匹目は逃げ惑い死んだ。二匹目は侮《あなど》り無様に死んだ。三匹目は慢心し間抜けに死んだ。次の豚はどう死ぬ？　ジャック・ザ・リッパー』

「これは……犯行予告ですか。どこでこれを」

「私の鞄の中に入っていたのよぉ。舐めた真似をしてくれるわねぇ」

ギロリ、とエライザが睨む。

「十三匹の肥え太った豚って、私たちの家のことよねぇ」

「さて、私には判断しかねますが」

「白々しい。ジャック・ザ・リッパー。あなたが雇った暗殺者よねぇ」

「違います」

「わざわざこんな真似をしてぇ。ただで済むと思っているのかしらぁ」

「だから、違います」

パンッ、と乾いた音が廊下に響いた。

エライザがクリスティーナの頬を叩いたのだ。

「余裕ぶっていられるのも今のうちよぉ。お父様もお怒りだから、もうどうなっても知らないんだからぁ」

クリスティーナが冷たい眼差しを返す。

突然、彼女の背後にいたシドが吹き飛ばされた。

「ぺぎゃぁぁぁぁぁああああ！」

派手な鼻血と吐血を撒《ま》き散らしながら吹き飛んでいく。

「シド君⁉」

「あはは、無様ねぇ！」

エライザの取り巻きがシドを殴り飛ばしたのだ。

「なんてことを！　彼は関係ないのに！」

「知らないわぁ。私に歯向かうとこうなるのよぉ。よくやったわ、デクノ・ボウ」

デクノ・ボウと呼ばれた取り巻きの男は、得意げに血の付いた拳《こぶし》を拭った。

「へへへ、軽く殴っただけですぜ」

「すごいわぁ、デクノ。軽く殴っただけで廊下の端まで吹き飛ばすなんてぇ」

なんとデクノの一撃はシドを廊下の端、五十メートル以上先まで吹き飛ばしていたのだ。

「ま、俺も強くなってますからね」

「頼りになるわぁ。私、あなたみたいな男らしい人好きよぉ」

エライザはデクノと腕を絡め胸を押し付ける。

「うへへ、任せてくださいよ」

「でも気を付けてね、次に狙われるのはあなたかもしれないんだからぁ」

「はっ、ジャック・ザ・リッパーなんざ返り討ちにしてやりますよ！」

「うふふ、もしそうなったらぁご褒美あげるぅ」

エライザは妖艶《ようえん》に微笑むと、取り巻きを引き連れて立ち去った。

僕は学園の医務室でセクシーな女医さんに手当てされていた。

「はい、おしまい。喧嘩《けんか》もほどほどにね」

女医さんはそう言って他の仕事に戻る。

「シド君、大丈夫?」

クリスティーナさんが心配そうに僕を覗《のぞ》き込む。

「なかなかいい拳でしたが、スリッピングアウェイでダメージの3パーセントを逃したのでギリ死なずに済みました」

僕は大きく腫《は》れた頬でニヤリと笑った。

「今日は医務室で休んだ方がいいわ。授業が終わったら迎えに来るから」

クリスティーナさんはそう言って医務室を出ていった。

僕はベッドに寝転んで軽く伸びをした。

「やあ」

ひょっこりと、ベッドの下から現れたのは小柄な少女。ニーナ先輩である。

「やあ」

と、僕も挨拶《あいさつ》する。

最初から盗み聞きしていたのは知っていた。

「どうしたの？」

「クレアの件で、経過報告ってとこかな」

「ああ、姉さんね」

「うん。とりあえずクレアの部屋に行こうか」

相変わらずちっこいニーナ先輩に連れられて、僕は姉さんの部屋に移動した。

姉さんの部屋は最後に入った時から少し変わっていた。

医療器具やらよくわからない魔道具やらが置かれて、ベッドにはピクリとも動かない姉さんが横たわっていた。

「姉さん……」
ピ、ピ、ピ、ピーーーー、と。
魔道具が鳴った。

これは前世の病院で見たことがある。

「脈が止まった。ご臨終か……」

僕は手を合わせて目を閉じる。

死後の世界とやらをちっとも信じていなかった僕だが、こうして身をもって転生したわけで、きっと姉さんも運がよければどこかに転生できるかもしれない。

その時はゴキブリやミジンコにならないよう、僕は姉さんのために祈った。

「せめてネズミに転生できますように」

「死んでないよ」

ジト目でニーナ先輩が言った。

「でも魔道具止まったみたいだけど」

「これは魔力測定が終了した音です」

そう言ったのはニーナ先輩ではなく、セクシーな女医さんだった。

彼女は気配もほとんどなく、部屋に入ってきた。

「あなたは……さっき保健室にもいましたね」

「ええ。ニーナさんからの紹介でクレアさんの治療と校医を兼任しています。ミューと申します」

そう言って、彼女は深々と頭を下げた。

浅黒い肌にふっくらとした色っぽい唇。そして銀色の髪の隙間から、尖《とが》った耳がひょっこり出ている。

ダークエルフだ。

「ご丁寧にどうも、シド・カゲノーです。そこに寝ている人の弟をやっています、一応」

「もちろん存じております。今後とも、どうぞよしなにお願いいたします」

「いえいえこちらこそ」

「いえいえいえいえこちらこそ」

礼には礼を。

僕らはペコペコと頭を下げ合った。

というかミューさん、医者なのになぜこんなに低姿勢なのか。

割と珍しいタイプだが、そもそもダークエルフの医者が珍しいのか。

彼女は頭を下げ終わると、手際よく装置を操作し姉さんの魔力を検査していく。ミューさんの淀みない魔力操作に、僕は感心してしまった。

このレベルの人が校医なんかやっているのか。

この人、相当できる。

さっきの気配の消し方も自然だったし、最近の医者は凄《すご》いな……。

これなら医療知識がほとんどない僕が手を出すより任せた方がいいだろう。

「ニーナ先輩の知り合いにこんな凄腕のお医者さんがいたなんて。持つべきものは友だね」

「にゃはは」

ニーナ先輩は照れ臭そうに笑った。

「それで、姉さんの容態《ようだい》はどんな感じですか」

「命に別状はありません。いずれ目を覚ますでしょう。病状を説明いたしますと、魔力の揺らぎと右手の新たな紋章が反応し……」

僕は真面目な顔で説明するミューさんを手で制した。

「あー、はいはい、わかりました。命に別条がないならそれでいいです」

「さ、差し出がましい真似をして申し訳ありません」

「いいですって、問題は姉さんがいつ目覚めるかです」

できるならゆっくり寝ていてほしい。

「自然に目覚めるのを待てば、数週間から数カ月かかります。クレアさんの魔力適性次第です」

「なるほど」

「もちろん、強制的に覚醒させることもできますが、その場合は魔力回路に後遺症が……」

「あー待った、それはよくない。それはとてもよくないことです」

「そうですね、魔力回路の後遺症を軽視すべきではありません。クレアさんのお身体《からだ》を第一に考えれば……」

僕はミューさんの説明を聞き流しながら、スヤスヤと気持ちよさそうに眠る姉さんを見下ろし呟いた。

「姉さんなんて、ずっと寝かせておけばいいんだよ」

どうせ五月蠅《うるさ》いだけだし。

それを言った瞬間、空気が凍った。

ニーナ先輩は目を見開き、ミューさんは硬直し息を呑んだ。

「それが、あなたの意思ですか……」

この世の終わりを告げるかと思うほど深刻な声で、ニーナ先輩が言った。

「大いなる意思は、我らの遥《はる》か先を見据える。従いましょう、その先に何が待っていようと、この命が尽きるまで……」

ミューさんは覚悟を決めた眼差しで跪《ひざまず》いた。

「えっと……」

何だこの空気。

僕は異様な緊張感に圧倒されて後退《あとずさ》った。

「じょ、冗談なんだけど……」

こんな本気の空気感を出されても困る。

「なんだ、冗談だったんですね……」

「お人が悪い。心臓が止まるかと思いましたよ」

一転して、ほっこりした空気で微笑む二人。

しかしニーナ先輩はなんで敬語になっているんだろう。

「そ、それじゃ、姉さんのことは任せた」

僕は逃げるように部屋を後にした。

あの空気はいったい何だったんだろう。

さすがに不謹慎な冗談だったのかもしれないと、ちょっぴり反省した。

でも言い訳すると、姉さんは子供の頃からやたらとしぶといのだ。

生まれつき異常なほどの再生能力がある。

意識不明なんて冗談で笑い飛ばせるぐらい、姉さんは異常なのだ。


夕食の後、僕とクリスティーナさんとカナデは寝室でババ抜きをしていた。

「うぅ〜、エライザ様めっちゃ怒ってるじゃん。もう死ぬ、私絶対に死ぬ」

ピーピー泣きながら、僕からカードを引くカナデ。

あ、ババ引いた。

「大丈夫よ。この館の警備は万全、いざとなったら私もいるし」

「でもでも、エライザ様の側近にでかい男子生徒いたじゃん」

「ああ、いたね」

白い霧の中でエライザの傍《かたわ》らで護衛の真似事をしていた生徒だろう。ついでにさっき僕を殴り飛ばしてくれたね。

「デクノ・ボウね」

「そうそう、噂によるとね、デクノ・ボウの父親が犯罪組織と繋《つな》がっていて、非合法な警備部隊を使って数々の人間を闇に葬ってきたとか。殺されたら臓器を売られて肉はミンチにされて骨はスライムに溶かされて、肉片一つ残らずに処理されるんだって……もうお終《しま》いだよぉ」

「オヤノ・ボウ伯爵のことね。確かに彼には悪い噂ばかりだけど、果たしてこの館に踏み込んでくる度胸があるかしら」

「僕アガリね」

クリスティーナさんから引いたカードで僕は上がった。

「シド君の裏切り者ぉ〜もし襲われたら盾にしてやる」

「はいはい」

「あ、私もアガリ」

「えぇ～どうして、全然勝てないぃ」

それはカナデの顔に考えていることが１００パーセント出ているからだ。

と思ったが、もちろん言わない。

「というか三人でババ抜きやって楽しい？」

「めっちゃ楽しい！」

目を輝かせたカナデに即答された。

「あ、そう」

趣味嗜好《しこう》は人それぞれである。

「じゃあ、僕はお風呂先入らせてもらうね」

「えぇー」

「勝った人から順に入る約束だったでしょ」

「これから逆転する予定なのにぃ」

僕は不満そうなカナデを無視してバスルームに向かった。

「カナデ、私と二人でババ抜きやる？」

「やる！」

背後から不穏な声が聞こえてきた。

次にクリスティーナさんがお風呂に入ったら僕とカナデは二人きりになるわけで。

いや、さすがに彼女も二人でババ抜きは不毛だと気づくだろう。

その後、僕はカナデと二人でババ抜きするはめになった。


深夜。

寝静まったホープ家の別邸で動く複数の人影があった。

彼らは覆面を被《かぶ》り、武器を抜いて襲撃の時を待っていた。

「親父《おやじ》、まだか？」

「焦るな、デクノ」

デクノ・ボウとオヤノ・ボウは小さな声で会話する。

「でもよ、もう明かりが消えたぜ」

「偵察はシノビ子爵に任せてある。子爵からの合図を待て」

「わかったよ、親父」

デクノ・ボウは不満そうに返事をした。

「大丈夫だデクノ。今回の襲撃でお前に手柄を取らせてやる」

「本当か⁉」

「俺ももう年だ。お前が学園を卒業してしばらくしたら、夜剣の席はお前に譲る」

「へへ、クリスティーナの奴《やつ》を八つ裂きにしてやる。舐めた真似しやがって」

「ターゲットは二人だ。クリスティーナとカナデ。ホープ公爵は……例の証拠を用意して待っている」

「身内に売られるとは、憐《あわ》れな女だ」

バカにしたようにデクノが笑った。

「賢明な選択ってやつだ。バカな娘のせいで代々続いた家が潰されたら敵《かな》わんからな。証拠を差し出す代わりに、ホープ公爵だけは助けてやる約束だ。間違って殺すなよ？」

「へへ、わかってるって……」

「気を付けろよ。そうそう、ターゲットと同じ部屋で男子学生が一人いるらしい。名前は確か……シド・カゲノーだったか」

「あぁ、クリスティーナの横にいた雑魚《ざこ》か。そいつはどうするんだ？」

「どうでもいいが、目撃されても面倒だ。ついでに消せ」

「わかったよ」

「いいな、抜《ぬ》かるなよ。偵察はシノビ子爵が、襲撃は我々ボウ伯爵家が、そして館の包囲はあのジェット侯爵に任せてある」

「逃げ場はどこにもねぇってことだな」

「ああ。何かあったら偵察と包囲の部隊も後詰《ごづ》めとして動く。襲撃部隊には無法都市出身の暗殺者もいる。包囲部隊にはブシン祭の本戦に出場した魔剣士に、凶悪すぎて破門された白虎《びゃっこ》流の達人《剣鬼《けんき》》が控えている。万に一つも失敗はあり得ない」

「へへ、親父らしいぜ。勝負は戦う前に決まっている。絶対に勝てる勝負が、一番楽しい。親父の口癖だったよな」

「ククッ、そうだったな」

オヤノ・ボウは唇を歪めて笑った。

「親父、偵察部隊からの合図だ」

「来たか。動くぞ」

そして、複数の人影が館に侵入していった。

クリスティーナはベッドに寝転んで天井を見上げていた。

室内にはカナデのいびきとシドの寝息が聞こえる。

眠れない……。

原因はカナデのいびきではなく、朝の件だ。

噴水に吊るされた血濡れの二人を思い出すと、どうしようもなく心が疼《うず》いた。暴力の限りを尽くした二人が、それを上回る力によって無惨に殺された。

力だ。

純粋な力は、全てを超越する。

法も、倫理も、権力も、純粋な力の前には無力だ。

「フフ……」

天井に手を伸ばし、嗤《わら》った。

すると衣《きぬ》の擦《す》れる小さな音が聞こえた。

「誰か起きてるの？」

返事はない。

「カナデ？　シド君？」

カナデのいびきも、シドの寝息も、そのままだ。

「気のせいか……」

その時、カチャッと。

扉が開く音が聞こえた。

「……誰？」

問いかけると、開きかけた扉が止まった。

半開きの扉の向こうから、微《かす》かな吐息が聞こえる。

「何か用があるの？」

そう言いながら、クリスティーナはベッドの脇の剣を手に取った。

屋敷の人間ならすぐ返事をするはずだ。

そもそも、扉の前にいた護衛の反応がないのもおかしい。

しばらく室内に、カナデのいびきだけが響いた。

そして――。

「殺れ」

その合図と同時に、室内に黒ずくめの集団が雪崩《なだ》れ込んできた。

「みんな、起きて‼」

クリスティーナは叫ぶと、カナデの布団をひっぺ返し侵入者に投げつける。

「グゴォォオオ……うぇ⁉　え、え、何⁉」

狼狽《うろた》えるカナデに、クリスティーナは剣を投げ渡す。

「襲撃よ！」

答えると同時に、クリスティーナは大柄な襲撃者の剣を受け止めた。

軽く力を込め、力量を探る。

強い。

それなりの使い手だ。

彼女は剣の角度を変えると、そのまま受け流す。

だが、勝てない相手ではない。

そして体勢を崩した襲撃者の肩口に、クリスティーナの剣が突き刺さった。

「ぐぅッ！　てめぇ、やりやがったな‼」

どこかで聞き覚えのある野太い声。

追撃しようとしたクリスティーナの前に、五人の襲撃者が立ち塞《ふさ》がる。

「油断するなと言っただろ‼　お前は下がってろ‼」

「で、でも親父――ッ！」

「それ以上しゃべるな!!」

親父と呼ばれた男は、大柄な男を押しのけてクリスティーナの前に立つ。この男が集団のリーダーだろう。

「うぇぇぇぇぇえええ!? 何!? 私死ぬの!? ここで死ぬのぉ!?」

カナデもピーピー叫びながら二人の襲撃者からどうにか身を守っていた。

そして、シド・カゲノーは。

窓からこっそり抜け出そうとしていた。

「あ……」

クリスティーナたちと目が合った彼は気まずそうに微笑むと、

「じゃ、そういうことで!」

素早く窓の外に消えた。

「う、裏切り者ぉぉぉぉおおおお!! 呪ってやる!! 悪霊になって呪ってやるぅぅぅぅぅううう!!」

カナデの怒声。

「逃がすと面倒だ! 追え!!」

集団のリーダーが指示を出し、三人の男がシドを追った。

「……助かるわ」

クリスティーナは小さく呟いた。

三人の襲撃者をシドが引き受けてくれたのだ。

残ったのは六人。

うち一人は肩に深い傷を負っている。

不利な状況に変わりはないが、それでも絶望的ではない。しばらく耐えれば騒ぎに気づいた護衛も駆けつけるだろう。

「さては助けが来ると考えているな」

リーダーの男が言った。

「さぁ、どうかしら」

「誤魔化しても無駄だ。大枚をはたいて警備を強化しているのは知っている。残念だが、助けは来ない。今頃、別動隊が処理をしているだろうさ」

「ご丁寧にどうも。夜剣も随分と必死なのね」

嘘ではないだろう。

これで、生き残る可能性が大きく減った。まさか夜剣がここまで本気で仕掛けてくるとは。

「侮るな。夜剣は未だに盤石《ばんじゃく》だ。これは、息子を思う親心といったところだ」

「あなたはオヤノ・ボウ伯爵ね。息子さんの声に聞き覚えがあったわ」

「さて、誰のことだか」

オヤノ・ボウはとぼけた調子で言うと、指示を出す。

「殺せ」

そして、黒ずくめの男たちが一斉に飛び掛かった。

先頭の男がクリスティーナに剣を振るう。

「くっ」

しかしクリスティーナもまだ諦めていない。

男の剣を受け流し、囲まれる前にカナデと合流しようと動く。

だがその計画は呆気《あっけ》なく破綻《はたん》した。

ズルリ、と音を立てて黒ずくめの男の体がズレた。

「あ？　なんで、ああああああぁぁぁぁぁぁぁ！」

悲鳴を上げながら男の体が上半身と下半身に分断された。

「ぁぁぁあ、た、助け……」

男はか細い声で手を伸ばす。だが、もう助からないだろう。

「貴様、何をした！　この男は都市国家で有数の魔剣士だぞ」

オヤノ・ボウがクリスティーナを睨む。

黒ずくめの男たちも警戒し距離を取った。

「違う、私じゃない」

実際クリスティーナは何もしていなかった。彼女はただ、男の剣を受け流そうとしただけ。

しかし、その瞬間にはもう彼は斬られていたのだ。

誰にも気づかれずに一流の魔剣士を鮮やかに両断したその技術は、到底クリスティーナには再現できない。

「他に誰がいるというのだ！　それとも、何か隠して――ッ」

オヤノ・ボウは途中で言葉を止めて目を見開いた。

カナデと対峙《たいじ》していた二人の魔剣士も、同様に両断されていたのだ。

「え、えぇ？　私、覚醒したの？　秘められし真の実力がついに開花したの⁉」

カナデはちょっぴり興奮しながら言った。

「バカな、いったい何が……いや、待て。その剣は……」

オヤノ・ボウは何かに気づいたようだ。その視線はカナデの剣を見ている。

「なぜ、剣に血が付いていないのだ」

「あ、ホントだ」

カナデの剣には血が一滴も付いていなかったのだ。

彼女がやっていないことは誰の目にも明らかだ。

その時、ガサッと衣《きぬ》の擦れる音がした。

全員が弾《はじ》かれたように音の方を見た。

そこにあったのは、シド・カゲノーのベッド。しかし彼は逃げ出してもういない。

そのベッドに、見知らぬ誰かがいた。

月明かりに照らされながら、背を向けて寝ている。

「血濡れの、ピエロ……」

誰かが呟いた。

ゴロン、とピエロが寝返りを打ちこちらを向いた。

ピエロの赤く染まった仮面で笑っていた。

「ヒッ……」

デクノ・ボウが後退る。

「お前がジャック・ザ・リッパーか」

対して、オヤノ・ボウは落ち着いていた。

彼は配下に指示を出し、血濡れのピエロに向き直る。

「狙いすましたかのように現れたな。やはり、お前が雇った暗殺者だったか」

「ち、違う！　ホープ家は暗殺者など使わない！」

オヤノ・ボウの言葉をクリスティーナは否定する。しかし、既に彼はクリスティーナの言葉を聞いていない。

「いくらで雇われた？　なかなかいい腕をしているじゃないか。おかげで我々は大損失だ」

オヤノ・ボウは無惨に殺された魔剣士の死体を見据えた。

「皆、裏社会では名の通った魔剣士だった。いささか信じがたいが、これが現実か……」

オヤノ・ボウは疲れたようにため息を吐く。

血濡れのピエロは、ずっとベッドで寝ていた。その仮面に笑顔を張り付けて。

「現実は受け止めねばならない。我々は、お前と敵対するのは得策ではないと考える。このまま戦って仮に勝利したとしても、大きな損失を被るだろう。それはお前も同じはず。夜剣と戦って無事に済むとは思っていまい」

血濡れのピエロは僅《わず》かに肩を震わせて笑った。

「ここらで手打ちにした方がお互い利口だろう。金は三倍出す。こちらに付けとは言わない、ただ手を引くだけでいい。お前の評判に傷をつけないよう配慮しよう。どうだ？」

血濡れのピエロの肩が大きく震える。

彼は声を殺して笑っていた。

「……何が可笑《おか》しい」

ピタリ、と震えが止まった。

そしてピエロはゆっくりと体を起こし指を差す。

ゆっくりと、ゆっくりと、ピエロの指が襲撃者たちを差していく。まるで、何かを選んでいるかのように。

その指は、一人の襲撃者を差して止まった。

「何を――」

襲撃者が怪訝《けげん》そうに首を傾《かし》げた。

それと同時にピエロは指を弾《はじ》く。

次の瞬間、襲撃者の首が跳んだ。

「バカな――ッ」

噴水のように血を噴き出し、首をなくした襲撃者が倒れる。

「ひぃぃぃ！　お、親父、もう嫌だ！」

デクノ・ボウは腰が抜けた様子で床を這いずった。

しかし既に血濡れのピエロの指は次のターゲットを探していた。その指はデクノ・ボウを通り過ぎ、横にいた襲撃者を差して止まる。

「ま、待て！」

慌てて叫びながらも、咄嗟に回避行動を取るのはさすが熟練の魔剣士だ。

しかしピエロの指が弾かれると、彼は悲惨にも顔の上半分を吹き飛ばされた。

胴体に残った口がパクパクと何か言いたそうに動くが、そこから出るのは血の泡だけだった。

続いて血濡れのピエロの指はカナデを差す。

「うえ、私⁉　なんで⁉　うぇぇぇぇぇぇぇぇ⁉」

指は一瞬そこで止まったが通りすぎ、奥の襲撃者を差し弾かれた。

「ぁ……」

彼は呆然としたまま首を飛ばされた。

そして、残ったのはオヤノ・ボウとデクノ・ボウの親子だけとなった。

「ひぃぃぃ、親父、親父、逃げようッ」

父の足に縋《すが》りつくデクノ・ボウ。

オヤノ・ボウも四人の魔剣士が瞬殺されたのを見て驚愕を隠せない様子だった。

「交渉決裂……というわけか。いや、わざわざ私を残したということは、実力を見せつけて交渉を有利に進めるつもりか。交渉の余地はあるようだな」

オヤノ・ボウの言葉に、血濡れのピエロは何も反応しない。

「まずは謝罪を。お前の実力を見くびったことを認めよう。どうやってこれほどの実力を手にしたかわからんが、まさかこれほどとはな……」

デクノ・ボウの顔に冷たい汗が流れる。

「だが、この館は既に包囲されている。先ほど部下に合図を出させた。すぐに包囲していた部隊が後詰めとしてやって来る。そこにはシノビ子爵とジェット侯爵の精鋭部隊に、白虎流の達人《剣鬼》まで控えているのだ。いくらお前が凄腕とはいえ、この状況下で無事に済むとは――」

オヤノ・ボウの話を遮るかのように、血濡れのピエロが動いた。

彼は布団の下をガサゴソと漁《あさ》る。

よく見ると、布団は不自然に盛り上がり赤黒く染まっていた。

ピエロがそこから取り出したのは、二つの生首だった。

「な――――ッ」

オヤノ・ボウにとっては見慣れた二つの顔。

「シノビ子爵……それにジェット侯爵まで……ッ」

二つの生首には、それぞれスペードの4とスペードの5が刺さっている。

「包囲部隊が全滅したというのか……バカな、相手はたった一人だぞ！」

ついにオヤノ・ボウの冷静さが失われた。

「何なんだお前は！　何が欲しい⁉　要求は何だ‼」

口から泡を飛ばし叫ぶ。

血濡れのピエロは懐からゆっくりとした動作で右手に一枚のカードを取り出した。

それは、スペードの6。

「ひ、ひぃぃぃぃいいいいいいい！」

それが誰に使われるカードなのか、オヤノ・ボウは一瞬で理解した。

彼は腰が抜けた息子を盾にして体を隠す。

「マ、マジかよ親父ぃ⁉　離せ、離せよぉぉぉおおお‼」

「ひぃぃぃぃぃぃぃぃぃぃいいいいい」

親を振り払おうとするデクノ・ボウごと、スペードの6で切り裂こうと腕を振るピエロ。

その時、ガラスが割れる音が響き窓から長身の魔剣士が現れた。

「ククク……ここにいたか、ジャック・ザ・リッパー」

落ち着いた声と、ただならぬ雰囲気。

鞘《さや》から抜かれし長刀が月の光で輝いていた。

「お、お前は……剣鬼じゃないか!!　生きていたのか!?」

オヤノ・ボウの声に活力が戻る。

彼はデクノ・ボウの背後から顔だけ出して笑った。

「久方ぶりに心躍る殺し合いができると思ったのだがな。周りの雑魚だけ殺して逃げるとは、失望したぞ」

剣鬼はそう言いながらも、血に濡れたピエロから一瞬たりとも視線を外さない。

彼は理解しているのだ。

このピエロが、自身に匹敵する存在だと……。

「剣鬼、いったい何者」

その淀みない魔力にクリスティーナも戦慄《せんりつ》する。

間違いなく世界有数の魔剣士。

「知らないのも無理はない。この男は遥か遠くワコクの武芸者だ」

「武芸者……⁉」

クリスティーナも聞いたことがある。

海の向こうには修羅《しゅら》の国、ワコクと呼ばれる武を極めし者たちの国があると。そこでは魔剣士でなく武芸者と呼ばれる存在が力の象徴として君臨している。

ワコクは鎖国しているため情報はほとんど入ってこない。しかしごくまれに武者修行のためにやって来る武芸者がいる。

その実力はどれも超一流。

「しかもこの男はワコクの四大流派、白虎流で頭角を現しいずれは最年少師範代になると期待されていた者。しかし、力を追い求めた末、九人の門弟を斬り殺して破門されたのだ」

「ふ……昔の話だ。この国に来ていささか退屈していたが、まさかお前のような珍妙な武芸者と立ち合えるとはな……」

剣鬼はそう言って剣を構える。

「ふははは、ジャック・ザ・リッパーよ！　剣鬼が怖くて逃げ出したいのだろう！　さっきまでの威勢はどうした‼」

オヤノ・ボウの高笑いが響き。

「往《ゆ》くぞ」

剣鬼が低く腰を落とし。

「ゴクリ」

カナデが喉を鳴らし。

そして、ピエロの指が弾かれた。

それと同時に剣鬼の体がブレて何かを避ける。その直後、背後の壁に穴が開いた。

「指弾か……予備動作もなしに、この威力。私でなければ、今の一撃で終わっていただろうな」

剣鬼が楽しげに呟く。

ジャック・ザ・リッパーも少し驚いたようだ。その実力を推し量るかのように剣鬼を見据えた。

「だが、私には通じない。見えなくても気配が教えてくれるのだから……」

そう言って、剣鬼は目を閉じて構えた。

「来るがいいジャック・ザ・リッパー。貴様の攻撃は決して当た……」

その瞬間、ポーン、と呆気ない音がした。

「え……」

剣鬼の首が跳んでいた。

頭をなくした剣鬼の体がゆっくりと倒れ、首から噴水のように血が噴き出す。

床に落ちた剣鬼の生首が、呆然とジャック・ザ・リッパーを見て瞬いた。

「ハァ……」

と小さなため息を吐き、ピエロはスペードの6を構えた。

「バ、バカな……」

オヤノ・ボウが後退る。

「ひぃぃぃぃ、待て待て待てッ！　わ、我々の背後にはまだ強大な力が控えている、あのディアボ──ッ」

オヤノ・ボウの言葉を遮って、その頭にスペードの6が突き刺さった。

「ぁ……なんで……」

ついでにデクノ・ボウも絶命した。

血濡れのピエロはそれを確認すると、その視線をクリスティーナとカナデへと移す。

静寂の中に、異様な緊張感が漂った。

「殺されるやつだよぉ……目撃者は皆殺しされるやつだよぉ……」

カナデは生まれたての小鹿のようにプルプルしていた。

しかしカナデの予想に反して、血濡れのピエロはピチャピチャと足音を立て去っていく。

「待って!!」

クリスティーナはそれを呼び止めた。

全てを超越する、神の如《ごと》き力に憧《あこが》れた。

「あ、あなたの目的は何⁉　ゲーテ・モーノの資料を私に届けたのもあなたの仕業《しわざ》でしょう！」

その言葉に、血濡れのピエロは足を止めた。

「なぜ、私に……？　私に何をしろと言うの？」

血濡れのピエロは答えない。

笑顔の張り付いた仮面でじっとクリスティーナを見据えていた。

「ククッ……」

ピエロは小さな笑い声を上げる。

そして、一枚のカードを投げた。

クリスティーナは反射的に剣で防ごうとした。

しかし、そのカードはクリスティーナの頬を掠《かす》めて背後にいたカナデのこめかみに突き刺さった。

「ひょえぇぇぇ⁉」

「カナデ⁉」

頭から血を流して倒れるカナデ。

「クククッ……！」

窓の外へ飛び下りるピエロ。

しかしクリスティーナはピエロを追えなかった。

「大丈夫⁉　カナデ、返事をして！」

カナデが命の危機に瀕《ひん》していたから。

家のことを気にせず言いたいことを言える友達。

彼女にとってそれは、初めての関係だった。

「カナデ、カナデ！」

脈はある、呼吸もある、出血さえ止めれば……！

「うぅ……クリスティーナさん……」

「カナデ、しっかりして！」

カナデは震える手をクリスティーナの手に重ねる。

「いいの、私は……もう助からない……」

「そんなことないわ！」

「自分の体のことは、自分が一番よくわかってるから……」

「いいえ、カナデは何もわかってない。大丈夫よ、絶対に助かるから！」

「だから……最期に遺言だけ聞いてほしいの……」

「そんなの必要ないわ……！」

「お願い、クリスティーナ」

カナデは真剣な瞳でクリスティーナを見つめた。

「わかった。遺言なんて必要ないけれど、それでカナデの気が済むのなら。もし何かあったら故郷のご両親に必ず伝えるわ」

「ありがとう、クリスティーナ……でも、両親への遺言は何もないの」

「え……？」

「私の遺言はね……ッ！」

カナデはカッと目を見開いて言う。

「裏切り者のシド・カゲノー！　てめぇは絶対許さねぇ!!　呪い殺してやるから覚悟しとけッ!!」

そして、カナデは安らかに瞳を閉じた。

「カナデ、カナデ、お願い目を覚まして!!」

カナデはもうピクリとも動かない。

「事件の処理をするからそこで寝られると邪魔なのよ!!」

クリスティーナはカナデの頭に張り付いたカードをベリッと剝《は》がした。

「痛ッ」

「これ、血糊よ」

「へ……？　生きてる？」

カナデは呆然と自分の頭に触れた。

「安心して。カナデには傷一つないから」

「え、でもでもカードが頭に突き刺さって……」

「血糊で張り付いてただけよ」

「お……おのれ、ジャック・ザ・リッパーめ！」

カナデは真っ赤な顔で跳び起きた。

「あ、待って。カードに何か書いてある」

「え、なになに？」

クリスティーナの持つカードには血で詩が書き記されていた。

『ほらふきのやけんたち
わるいひとはみなごろし
いつもかぞえるだけだけど
ときどきこうしてあそぶんだ』

「どういう意味かな」

「わざわざ残していったってことは何かしら意味があるはずなんだけど……」

その時、部屋の扉がゆっくりと開いていく。

「やあ、みんな！　無事だったんだね！」

どこか白々しい笑顔で駆け寄って来るのは黒髪の平凡な少年シド・カゲノーだった。

「無事だったのね、よかった」

ほっと息を吐くクリスティーナと。

「よぉよぉ、シド君よぉ！　薄汚ねぇ裏切り者がどの面《つら》下げてきやがったぁあん？」

チンピラ風に凄むカナデ。

「いやいや、危うく死にかけたよ」

「死にかけただぁ？　こっちはてめぇが逃げたおかげでガチであの世に逝きかけたぜ？　ジャック・ザ・リッパー先輩が来なかったら絶対死んでたね」

「へー、ジャック・ザ・リッパーが現れたんだ」

「そうそう、颯爽《さっそう》と現れてビュ、ビュ、ビュって！　ガチでヤバかったんよ！」

いつの間にか素に戻ってるカナデ。

「へー、よかったね」

「うんうん、それでね、ワコクの武芸者を一瞬の間に……って違ぇよ!!　今はてめぇの話だシド・カゲノー！」

「あ、はい」

「裏切り者は絶対許さねぇ！　よくもこの私を見捨てて逃げやがったな!!」

「すんませんでした」

「謝って済むと思うな！　てめぇは今から……ボッコボコの刑だぁぁぁぁぁあああああ！」

カナデはシドに両足タックルを決め、マウントを取ってポコポコ殴り始めた。

「どうだ、まいったか！」

「うわーやめてー」

そしてボッコボコの刑はしばらく続いた。

三章

犯行予告を解読だ！

The Eminence in Shadow
Volume Six
Chapter Three

朝日が差し込み始めたホープ邸の寝室では、騎士団による現場検証が行われた。

「なるほどなるほど。オヤノ・ボウ伯爵、シノビ子爵、ジェット侯爵らが共謀してホープ家に襲撃をかけてきたと……」

クリスティーナたちは騎士団捜査課課長のグレイに事情聴取されている。

「そしてそこに現れたのが血濡れのピエロ、ジャック・ザ・リッパーですか。彼らは襲撃者を皆殺しにしたが、あなた方には一切手を出さずに去っていったと……なんとも都合のいい話ですな」

グレイは疑わしそうな視線をクリスティーナに向けた。

「ですが、それが事実です」

「となると、やはりジャック・ザ・リッパーはホープ家が雇った暗殺者兼用心棒と見るのがごく自然な推理になりますが」

「違います！　そんなわかりやすい真似《まね》しません」

「あえてわかりやすくすることで疑惑から逃れようとしたとも考えられる」

「いい加減にしてください。そんなことより、オヤノ・ボウ伯爵、シノビ子爵、ジェット侯爵らが襲撃をしてきたことが問題です。まず背後関係を調べることが騎士団の仕事では……」

「あーその件ですが、襲撃をかけてきたというのはあくまでホープ家目線での話でしょう」

グレイは目を細めて微笑《ほほえ》んだ。

「……と言うと？」

「オヤノ・ボウ伯爵ら三名はホープ家に誘い出されて濡《ぬ》れ衣《ぎぬ》を着せられた。そういう見方もできるということです」

「そんな⁉　あり得ません、彼らは覆面を被《かぶ》って武装していました！」

「用心深く頭の切れる方々ですから。襲撃されることを見越して、覆面を被った護衛を近くに待機させていたのでしょう。素晴らしい判断でしたが……残念な結果に終わりました」

「オヤノ・ボウ伯爵本人も覆面を被っているのですよ⁉　そもそもホープ家が誘い出したという証拠がどこにあるというのですか！」

「そこは調査中です。それに、あくまでそういう見方もできるという話ですよ。王都は今ジャック・ザ・リッパーの話で持ちきりです。正体は誰なのか、その目的は……現状、最も疑わしいとされているのがあなた方ホープ家です」

「たかが噂《うわさ》で、私たちを犯人扱いするというのですか」

「いえいえ、とんでもない。あくまで、そういう噂があるというだけの話です。ですが、そういった市民感情は無視できるものでもない。彼らはジャック・ザ・リッパーの矛先《ほこさき》が自分たちに向かないか恐怖しているのです。今、王都の夜は静かですよ。店の灯《あか》りは早くに消え、通りに人影はない。皆ジャック・ザ・リッパーを恐れて出歩いていないのです。この状況が続けば、市民の不満は募り魔女狩りが始まりかねない。我々はそれを恐れているのです」

「そんな……」

「理解してくださいとは言いませんが我々も辛《つら》い立場です。なぜさっさとホープ家を調査しないのか、さっさと捕らえてしまえと、昨夜も叱《しか》られました」

そう言って、グレイは困ったように笑った。

「さて、それでは仕事に戻ります。カナデさんとシド君だったかな。後で個別に話を聞かせてもらうかもしれないから、その時は協力してくれ。真実は、いつも一つ」

彼は『名探偵コニャン』の決めポーズで、カナデとシドに笑いかけて去っていった。

「クリスティーナさん……」

肩を落としたクリスティーナを、カナデが慰める。

「このままじゃホープ家が犯人扱いされてしまうわ」

「それは大変だ」

シド・カゲノーは高級茶菓子をボリボリ食べながら言った。

「夜剣は必ずホープ家に罪を着せてくる。ホープ家の無実を証明できればいいのだけど……」

「そういえば……ジャック・ザ・リッパーがメッセージを残していったよね」

「ああ、これね」

クリスティーナはポケットからメモを取り出す。カードは騎士団に証拠として押収されている。

「ほらふきのやけんたち
わるいひとはみなごろし
いつもかぞえるだけだけど
ときどきこうしてあそぶんだ」

彼女はメモしておいたメッセージを口に出して言った。

「何か意味があると思うんだけどな。わざわざ残して行ったんだし」

シドはそう言った。

「『ほらふきのやけんたち』とあるから、やはり彼のターゲットは夜剣ということね」

「『わるいひとはみなごろし』だから、ジャックは夜剣を全員殺すつもりなんだよ」

カナデが得意げに言った。

「でも、後の二列はいまいち意味がわからないわ」

「『いつもかぞえるだけだけど』って意味わかんない。数えるだけ？　何を数えるの？」

「そうだね……例えば、死体とか」

シドがそう言うと、クリスティーナは何か気づいたようだ。

「ジャック・ザ・リッパーはトランプの数字で夜剣の死体を数えていたわ」

「だとすると、いつもトランプの数字で死体を数えるだけだけど『ときどきこうしてあそぶんだ』ってこと？　メッセージを残すのが遊び？」

「そういうことなのかも」

「なぁんだ、もっと重大な意味があるのかと思った」

カナデはガッカリした様子でため息を吐《つ》く。

「そんなことないわ。ジャック・ザ・リッパーの目的が夜剣を全員殺すことだと明確になった」

「つまんなーい」

そんな二人をよそに、シドは何かに気づいたようだ。

「あれれー。このメッセージ、横に読むこともできるんだ」

メモを指さして、彼はそう言った。

「え！　横に読む？」

「どれどれ」

二人はメッセージを覗《のぞ》き込み、同時に気づく。

「ほわいと？」

「まさかオショク・ホワイト伯爵のことかしら」

「誰それ」

「夜剣の上位メンバーよ。王都の外れにある大邸宅『白の邸宅』の主《あるじ》でもあるわ」

「はぁー、あの豪華なお屋敷の……」

「つまり、ジャック・ザ・リッパーの次のターゲットはオショク・ホワイト伯爵……犯行予告ね。よく気づいたわね、シド君」

「いやー、たまたまですよ」

「ま、まぁ私も半分気づきかけてたけどね！」

カナデが謎に対抗した。

「それはよかった。でもジャック・ザ・リッパーがメッセージに残した意味は、これだけじゃないんだよね」

「うぇ⁉　そうなの」

「ジャックはトランプに別の意味を込めたんだよ。確か、トランプはスペードの10だった。スペードは冬を、数字は週を指す。つまりこのカードは冬の十週目を意味しているんだ。ちなみに、今日はちょうど冬の十週目の九日だね」

「明日は冬の十週目の十日。十が並びましたね。偶然とは思えません」

「えぇっと、つまりジャックは明日動くってこと？」

「冬の十週目の十日、ジャック・ザ・リッパーは『白の邸宅』のホワイト伯爵を狙うってことね。これだけ情報があればこちらも準備できるわ」

「でも、ジャックはなんでこんなメッセージを残していったんだろう」

カナデの素朴な疑問。

「それは……確かに不思議ね」

「だよね、こんなことしたら失敗するじゃん」

二人が考察を進めようとしたその時、シドの咳払《せきばら》いがそれを遮《さえぎ》った。

「ゴ、ゴホン、ジャック・ザ・リッパーは僕らには想像すらできない天才的な知能で、あらゆる可能性を想定した結果、遥《はる》か高みから最適解を見出したんだと思う。凡人である僕らがいくら考えようともその目的を理解することはできないだろう……」

彼は早口でそう言った。

「もしかしたらジャック・ザ・リッパーは……私に何かを伝えようとしているのかも」

クリスティーナが真剣な顔で呟《つぶや》く。

「何かって？」

「それは、わからない。なんとなく、そう思っただけだから……」

「そんなことより、このメッセージの意味を騎士団や夜剣に知らせてはどうだろう。騎士団が夜剣に伝えれば、向こうも対策を取るはず。例えば戦力を集めて全員でジャックを迎え撃つとか……そんな場所にのこのことジャック・ザ・リッパーが現れれば、ホープ家への疑いは完全に晴れるはずさ」

シドが言う。

「でも、そうなるとジャック・ザ・リッパーは……」

「殺されるだろうね」

「ジャック・ザ・リッパーは本当に敵なのかしら。もしかしたら彼も夜剣による被害者なのかもしれないのに」

「でもどんな理由があろうとジャック・ザ・リッパーがしていることは殺人だ。決して擁護できるものじゃない！」

シドはその瞳に強い正義の光を宿して言った。

「でも……そうね、知らせてくるわ」

クリスティーナは浮かない様子で、騎士団捜査課課長のグレイに知らせに行った。

アレクシアはホープ邸の応接室で高級コーヒーに口を付けた。

「それで騎士団が慌ただしかったのね……」

彼女はそう言って、ジャック・ザ・リッパーのメッセージが書かれたメモをクリスティーナに返す。

「やはり騎士団もジャック・ザ・リッパー捕獲作戦に参加するのですね」

クリスティーナが尋ねると、アレクシアは首を横に振った。

「騎士団はホワイト邸の周囲を固めるみたいよ」

「え？　内部には入らないのですか？」

「夜剣にも面子《メンツ》があるのよ。必ず自分たちの手でジャック・ザ・リッパーを捕獲……いいえ、殺害しないと気が済まないのでしょう。必死になって戦力をかき集めているわ。明日は表と裏、両方の超一流魔剣士がホワイト邸に揃《そろ》うわ」

「大変なことになりましたね……ジャック・ザ・リッパーは本当に来るのでしょうか」

「これだけ戦力を集められてのこのこやって来るバカはいないわ。メッセージはブラフで、本命は別にあるのかもしれない。そう考えるのが普通よ。騎士団もそれをふまえて動いているわ」

「でも、ジャック・ザ・リッパーの実力は普通じゃない」

クリスティーナが言った。

「クリスティーナの話だと、ジャック・ザ・リッパーはあのワコクの武芸者を圧倒したのよね。

武者修行に出ているワコクの武芸者は例外なく強いわ。それを圧倒するとなると腕に相当な自信があるのでしょう……そう考えると、来るかもしれないわ」

「そうですか……」

クリスティーナは小さく息を吐いた。

「浮かない顔ね。クリスティーナ」

「ジャック・ザ・リッパーは凶悪な殺人鬼です。ですが、本当に、これでいいのでしょうか。彼を凶悪な殺人鬼にした、悲しい過去があるのではないか……そう考えてしまうのです。もしかしたら彼は私に何かを伝えようとしているのかも……」

「いいわ、クリスティーナ。明日、ホワイト邸に向かいましょうか。中には入れないけれど、騎士団と一緒に外から見守ることはできる」

「いいのですか⁉」

「夜剣は嫌がるでしょうけどね。それぐらい、王女の力で何とでもなるわ。この事件の結末を見届けましょう」

「ありがとうございます」

クリスティーナは微笑んだ。

アレクシアはコーヒーに口を付けると小さなため息を吐く。

「あの……アレクシア王女も浮かない顔をしているように見えますが」

「そうね……色々と考えることが多いから。クレアも相変わらず目覚めないし」

「クレアさん。大丈夫なのでしょうか」

「医者の話では命に別状はないわ。そのうち目覚めるらしいけど、あのミューとかいう女医、どうも胡散臭《うさんくさ》いのよねぇ」

「シド君は女医さんを信頼していると言ってましたけど」

「あいつは人を見る目がないのよ」

「でも、シド君も辛いんだと思います。たった一人のお姉様なのですから。クレアさんを心配してこの家に泊まることを拒んでいましたし」

「あいつ……そんなにクレアのことを……」

「はい。羨《うらや》ましい姉弟ですね」

「もっと薄情な男だと思ってたわ。今度ミツゴシで美味《おい》しいお菓子でも買ってあげましょう」

「きっと喜ぶと思います」

「そうよね。私からのプレゼントを喜ばないはずがないもの」

アレクシアは表情を和《やわ》らげると、唐突に話を切り出した。

「私、昨日お父様と話したの」

「ミドガル国王とですか？」

「今回のこともあるし、これまでのことも色々と……私一人では抱えきれないから、少し話を聞いてほしいの」

　そう言って、アレクシアは昨日のことを話し出した。


「なぜですかお父様！」

　アレクシアは私室でミドガル王に詰め寄った。

「何の話だ、アレクシア」

　落ち着いた声でミドガル王は言った。

「なぜお父様は夜剣の横暴を許すのです」

「またその話か」

　ミドガル王はため息を吐《つ》く。

「お父様に答えていただくまで諦めません。それにこれは夜剣の話だけではありません！　夜剣の裏で暗躍している存在についてもです！」

「はて、何の話だ」

「いい加減、とぼけるのは止《や》めてくださいお父様。もう全《すべ》て知っているのです。ディアボロス教団の存在も、何もかも！」

「さて……」

ミドガル王は再び、大きく息を吐いた。そしてしばらく目を閉じて何かを考えていた。

「お父様……？」

「そろそろ、潮時ということか」

目を開き、ミドガル王はそう言った。

「潮時とは？」

「いずれ、話すつもりだった。ディアボロス教団のことは」

「やはり知っていたのですね」

「ディアボロス教団は世界の闇を支配する存在。敵対すればこの国は大きな犠牲を払うことになる」

「だから奴《やつ》らに味方すると？」

アレクシアの声が険しくなった。

「上手《うま》く付き合う必要があった、ということだ」

「物は言いようですね」

「それが政治というものだ。国を守るためには、善悪より優先すべきことがある」

「……反吐《へど》が出ます」

「悪を叩《たた》くだけでは政治はできん。もしそうしていたら、この国はとっくに滅んでいる」

「だからといって、ディアボロス教団と手を組むなど――！」

「手を組んだわけではない」

強い声で、ミドガル王は言った。

「え？」

「手を組んだわけではないのだ、アレクシア。ミドガル王国はただ、ディアボロス教団と上手く付き合ってきた。それだけだ」

「同じことではありませんの？」

「ミドガル王国は、ディアボロス教団の行いを認めたことは一切ない。もちろん協力したこともない」

「ですが、ディアボロス教団はミドガル王国で悪事を働いています！　騎士団にも内通者がいたではありませんか！」

「それは各々《おのおの》が勝手にやったことだ」

「同じことです！　見て見ぬふりをしているではないですか！」

「ミドガル王国はディアボロス教団に一切協力しない。だが、ディアボロス教団の行いを咎《とが》めることもしない。そうすることで、国として存続してきたのだ」

「だから教団は何をしても許されてきたのですか」

「ディアボロス教団は決して表舞台に出ようとしない。我々という隠《かく》れ蓑《みの》が必要だった。連中も限度は弁《わきま》えていたさ」

「ミドガル学園で起きたことをお忘れですか！　私を誘拐したことも!!　あれで限度を弁えていたというのですか!!」

「数年前までは、弁えていたのだ」

「数年前……？」

「シャドウガーデンが現れるまでだ」

「シャドウガーデンですか……」

　ミドガル国王は席を立つと窓辺へと向かう。そして窓ガラスに手を触れて、夜の闇をじっと見据えた。

「たった数年で、世界は大きく変わった。表ではミツゴシ商会が、そして裏ではシャドウガーデンが、社会そのものを変革しようとしている。その流れに乗れない者たちが、喚《わめ》き足掻《あが》き抵抗する。今は、そういう時代なのだ」

「ディアボロス教団が焦っていると……？」

「以前であれば連中もこれほどの無茶はしなかった。シャドウガーデンによって組織そのものが追い詰められている。そのしわ寄せが出始めているのだ」

「私が誘拐されたのも、しわ寄せだというのですね」

アレクシアは声に怒りをのせて父を睨《にら》んだ。

「そうだ」

ミドガル王は言い切った。

「それで、納得しろと？」

「父として、アレクシアには謝罪しよう。この通りだ」

そう言って、彼は深く頭を下げた。

「お父様……」

「だが、王として謝罪することは一切ない。私は父である以前に、ミドガル王国の王だ」

「……お父様ッ！」

「ディアボロス教団と戦えるだけの力がこの国にはないのだ。教団には千年の時を超えて生き続ける魔剣士ナイツ・オブ・ラウンズと、古《いにしえ》の知識によって強化された戦闘集団チルドレンがいる。知っての通り、戦争は魔剣士の質と数で決まる。雑兵《ぞうひょう》など奴らの前では盾《たて》にすらならんのだ」

「それは、わかりますけど……」

戦争とは魔剣士と魔剣士のぶつかり合いだ。

しかし、だからといって一般の兵が役に立たないわけではない。

対魔力防具を装備した兵が十人もいれば、一人の魔剣士を抑えることができる。兵の質が高ければ魔力切れを狙える可能性もある。それが戦争の常識だった。

だがそれは、一般的な魔剣士を相手にした場合だ。

規格外の魔剣士は、たった一撃で兵十人を殺す。何年も訓練した兵と、高価な対魔力防具が、一瞬で水の泡と化すのだ。

それを簡単にやってのけるのが教団の魔剣士なのだ。

「圧倒的な魔剣士の質を誇る教団には、誰も逆らえなかった。これまではな」

「これまでは？」

「シャドウガーデンが現れてそれが変わった。教団に対抗する集団はこれまでにもあったし、もちろんこの国の騎士団にもいた。だがいずれも、すぐに潰されたのだ」

「この国の騎士団に……」

アレクシアの脳裏に、一人の男が蘇った。大きな鉈《なた》を両手で操り、全てを諦めたような眼をした元騎士団の司書長。

「シャドウガーデンもすぐに潰されるだろう。誰もがそう思っていた。もちろん、教団も……」

だがそうはならなかった。奴らは決して潰れなかった。それどころか教団の戦力を削っていったのだ。これまでとは全く様子が違う。シャドウガーデンの名は裏社会で急速に広まっていった。誰もが注目し、そして希望を抱いた……」

「希望、ですか？」

「教団が支配するこの世界を、終わらせてくれるかもしれない。シャドウガーデンの首領には、そう思わせるだけの圧倒的な力が存在した」

「シャドウですね……」

シャドウが王都で放ったあの青紫の美しい光を、アレクシアは今でも覚えている。

それは、憧《あこが》れではない。

自分もいずれ、辿《たど》り着くと。そう心に誓った光だ。

「シャドウだけではなく、その下で動く者たちも手強《てごわ》かった。彼らは組織として、教団に対抗できるだけの確かな強さがあったのだ。教団を打ち倒すのも夢ではないと、希望を抱くと同時に我々は警戒した」

「警戒、ですか」

「……ディアボロス教団の次に、シャドウガーデンがこの世界を支配するかもしれない。ディアボロス教団が倒れれば、この世界でシャドウガーデンに対抗できる存在はいないのだから」

「それは……」

司書長も、死の間際に同じことを言っていた。

「そうなってしまっては、何も変わらない。だからこそ、見定めていた。シャドウガーデンという存在を。だからこそ、迷っていた。どちらに味方すべきかを……」

「どうするおつもりですか」

「さて。このままずっと、ディアボロス教団とシャドウガーデンが争い続けるのが我々にとって理想なのかもな」

「お父様ッ！」

「冗談だ。選びたくないというのが、正直な気持ちだ。だが時代を分ける戦いの節目で、どっちつかずの選択をした勢力は歴史上全て滅んだ。私の気持ちなど関係なく、いずれ選択を迫られる。たとえどちらを選んでも破滅する未来が待っていたとしても、どちらかを選ぶしかない。それが、大きな時代の流れというものだ」

「時代の流れですか……」

「教団は焦っている。昨今の無茶は、奴らの焦りであると同時に我々への圧力でもある。教団に味方しろと迫ってきているのだ。いずれシャドウガーデンも我々に接触してくると思っていたが……」

「接触はないのですか？」

「ああ。こちらから接触しようとしても、どこにいるのか見当もつかない。シャドウガーデンにとってミドガル王国は、必ずしも必要ではない。そういうことなのかもしれぬ。そうなると我々の道は一つしか残っていないのだろうな」

国王はどこか疲れたように微笑んだ。

「オリアナ王国はどうなります。あの国は教団と敵対しましたが」

「すぐに潰されるだろうな。ローズ・オリアナは教団と敵対し聖教から異端認定された。貿易は厳しく制限される。芸術以外何もないあの小国は直《じき》に干上がるであろう」

「やはり、そうですか。助かる道はないのでしょうか……」

アレクシアはローズが王になったと聞いた時、心の中で祝福した。

かつては共に戦うと誓った仲だ。色々あって進む道は分かれたが、それでも教団に対抗する意思を失っていないことが嬉《うれ》しかった。

だが、この先は茨《いばら》の道だ。

「シャドウガーデン次第だ」

「やはり彼らが介入しているのですね」

国王は頷《うなず》いた。

「ローズ・オリアナが父を殺害した後、いったいどこに潜伏していたと思う。オリアナ王国も、ミドガル王国も、そしてディアボロス教団も、血眼になって探していたが結局見つからなかった」

「シャドウガーデンが匿《かくま》っていたということですか」

「そう考えるのが自然だ。ローズ・オリアナが王になる流れも、全てお膳立てされていたのであろう。シャドウガーデン……いや、シャドウによって。ローズ・オリアナが動く時シャドウは常にその背後にいる」

「そういえばブシン祭の時も……」

ローズの逃走を助けたのはシャドウだった。

「まだ未確認だが『黒き薔薇《ばら》』と同時にシャドウが現れたとの証言もあった」

「ローズ先輩……いえ、ローズ・オリアナはシャドウガーデンと手を組んだのですね」

「ああ。オリアナ王国は貿易を制限されていてもまだ豊富に食料があるという。シャドウガーデンが運び込んでいると考えれば辻褄《つじつま》が合う」

「では、オリアナ王国は助かるのですね」

「まだ、わからん」

「え？」

「教団が動いている。奴らは聖教に働きかけ、異端討伐を行うつもりだ。内々に、ミドガル王国にも軍を出すよう迫っている」

「そんな！」

「ベガルタ帝国は動くであろうな。あの国は過去何度もオリアナ王国に攻め入った過去がある。その度に、不自然な理由で撤退していた」

「……不自然な理由？」

「教団が介入していたようだ。教団によってオリアナ王国とベガルタ帝国はバランスが保たれていた。だが、今回は教団がベガルタ帝国側に付いた。聖教の大義名分まで得たとなれば、ベガルタ帝国にとってこれ以上ない好機だ」

「お父様は……いえ、ミドガル王国はどうするつもりですか」

それは王女としての問いだった。

「さて……」

王は深く息を吐いて沈黙した。

窓の外には、雪が降っている。

「まさか、教団に加担するとは言いませんよね」

「……雪が解ければ、戦が始まるであろう」

「オリアナ王国に攻め入ると？」

「アレクシアよ。教団は我々を試しているのだよ。教団とシャドウガーデン、どちらに味方するか。ここでの選択がミドガル王国の未来を決める」

「もし、お父様がオリアナ王国に攻め入るというなら、私は……！」

「答えは雪が解ける前に出す。私はただミドガル王国が生き延びる選択を取るだけだ。アレクシア、お前は好きにしなさい」

「……いいのですか？」

「アイリスは教団に近づいている」

「お姉様はやはり教団と……！」

「あれが望んだことだ」

「違います、誘導されているだけです！」

国王は首を横に振る。

「アレクシア、お前がシャドウガーデンに近づくことができれば、どちらに転んだとしてもミドガル王国の血筋は残る」

「ッ……そういうことですか。シャドウガーデンに近づくとは限りませんよ」

アレクシアは強く拳を握った。

「好きにしなさい」

国王は背を向けてそう言った。

アレクシアは昨晩の会話を思い出しながら話した。

「……そんなことがあったのですね」

話を聞き終えたクリスティーナは、コーヒーに口を付けて一息吐いた。

「そういうこと。だから今回の事件への介入も、お父様から止められることはないわ。もちろん支援してくれることもないようだけど」

「自由にやっていいということですね」

「ええ……お父様がどう考えていようと、私は私の意志を貫くだけよ」

「ご立派です」

「今日の話は他言無用でお願いね」

「もちろんです」

「と、ところで話は変わるけれど……」

アレクシアは急にそわそわし始める。

「どうかしましたか?」

「そ、その、私たち明日ホワイト邸に行くわけじゃない」

「そうですね」

「その、打ち合わせとか計画とか、色々話すべきことがあると思うの」

「え? ええ、そうかもしれませんね」

「そうよね……それじゃ、今夜は泊まっていくわ！」

胸を張って、アレクシアは言った。

「はい？」

「だ、だから色々と話すべきことがあるから泊まっていくのよ！」

「まだ時間はありますが……？」

クリスティーナはミツゴシ製の掛け時計を見て言った。

「気づいたらもう日が沈んでいるわ。帰り道で何かあったら大変ね！」

「護衛付きの馬車を用意いたします。そもそも王城に連絡を入れれば……」

「平時ならそれでいいかもしれないわね。でも今はジャック・ザ・リッパーの件もあるし夜間に出歩くのは危険よ！」

「それは……確かにそうですね。それでは、アレクシア王女のお部屋を用意いたします」

「それには及ばないわ。突然押し掛けたのはこっちなんだから！」

「いえ、ですが……」

「そういえば、今ふと思い出したんだけどポチ……じゃなくてシド・カゲノーとカナデさんも泊まっているらしいじゃない？」

「はい、そうですが」

「一緒の部屋でいいわよ。突然押し掛けたのはこっちなんだから！」

アレクシアは勢いよく、念を押すように言った。

「彼らと同室ですか？　それはあまりにも失礼にあたるというか……」

「いいのいいの。突然押し掛けたのはこっちなんだから！」

「し、しかし……！」

「いいのよ！　お父様から許可はもらっているし！」

許可をもらったのは別件ではないだろうか、とクリスティーナは一瞬思ったが、アレクシアに腕を引っ張られて立ち上がる。

「さぁさぁ案内して！　あなたたちの寝室へ！」


「なぜ君がここにいるんだ」

寝室でアレクシアと対面したシド・カゲノーは開口一番そう言った。

「それは非常に難しい問いね。なぜ私がここにいるのか。哲学的だわ。我思う、ゆえに我あり。ナツメ・カフカの言葉よ。癪《しゃく》に障《さわ》る女だけど、それが真理であることは変わりないわね」

「我思う、ゆえに我あり……」

シドは小説家ナツメが言ったとされる言葉を呟いて、思いっきり顔を顰《しか》めた。

「あら、あなたの心にも響いたの？　ナツメ・カフカがあのラワガス最高峰の研究会で講演した際の発言ね。学者たちの間ではその話で持ちきりよ。学術学院の哲学専攻では今年最も論文のテーマにされているみたいね」

「あぁ、そう」

シドは諦めたように眉間《みけん》を押さえた。

「僕が聞いたのは、そんな哲学的な話じゃない。なぜ高貴で雲の上の存在であるあのアレクシア王女様が、わざわざこんな所にいらしたのか不思議でしょうがないってことだ」

「こ、こんな所……」

アレクシアの背後で、クリスティーナの顔が引き攣《つ》る。

「あらあら、ようやくあなたも立場を弁えられるようになったのね。私があなたにとって雲の上の存在であるということは、それはもう当然その通りなのだけど、たまには雲の下の様子も見に来てみようかなって。そう思ったわけよ」

「答えになってない」

「雲の上の景色をあなたが知る必要はないってことよ。さっさとどきなさい。あなたのベッド、今日は私が使うから」

「は？　泊まってくのかよ！　というか僕はどこに寝ればいいんだ」

「床で寝ればいいんじゃない？」

アレクシアは勝ち誇ったように言って、ベッドの上にあったシドの荷物を床に落とした。

「ごめんなさい、シド君はこの毛布で我慢して」

クリスティーナがそっと毛布を差し出す。

シドは無表情で毛布を見つめて、

「帰っていいかな？」

「夜剣に襲撃されるわよ」

「襲撃されても奇跡的に運よく切り抜けられそうな気がするんだ」

「止めときなさい。本当に」

アレクシアは真剣な声で言った。

「……わかったよ」

シドはため息を吐いて毛布を受け取った。

アレクシアはベッドに腰かけて部屋を見回した。

「あなたたちも大変だったわね。昨夜この部屋で襲撃されたんでしょう。この染みは血痕かしら」

アレクシアの視線は襲撃の痕跡を探しているかのように鋭い。

「いえ、襲撃されたのは隣の部屋です」

「ちなみにその染みはカナデがさっき調子に乗ってコーヒーを零《こぼ》したやつだ」

「うぇッ」

アレクシアの登場にびびって部屋の隅で存在感を消していたカナデが反応した。

「あ、あらそう、昨日のことだしカナデさんも不安だったでしょう」

アレクシアは頬を染めてそう言った。

「は、はい、不安で夜も眠れま……」

「カナデならいびきをかいて誰よりも爆睡してたよ。こいつは意外と肝が太いから心配無用だ」

「いちいちうるさいわね、アンタは。せっかく私が心配してやってるのに」

「見当違いなことばかり言うから訂正してあげたんだ」

アレクシアとシドの視線がぶつかった。

「ま、まぁまぁ、二人とも」

クリスティーナが割って入る。

「とにかく、昨夜の事件とジャック・ザ・リッパーの動きを再検証すべきよ。何か見落としがあるかもしれないわ！」

アレクシアはそう主張してシドたちを見渡した。

「そうですね」

「それについては異論ないけど」

「それじゃ、何か気づいたことはある？　昨夜の事件でもいいし、それ以前のことでも。何でもいいわ」

「やはり、ジャック・ザ・リッパーは私たちの敵ではないと思います。もし敵だとすれば、昨夜私たちを見捨てればよかったのですから」

「確かに、あまりにもタイミングがいいわね」

「はい。おそらくジャック・ザ・リッパーは、夜剣の動きをずっと追っていたのでしょう。そこで、私たちが襲われているのを見て助けに入ったのかと」

「――それはどうかな」

クリスティーナの言葉に、シドが異を唱える。

「単純に効率がよかっただけなんじゃないかな。ジャック・ザ・リッパー単独で夜剣と戦うよりも、クリスティーナさんたちと一緒に戦った方が楽だったんだと思う」

「それはないと思います」

クリスティーナが即座に否定した。

「シド君は見ていないのでわからないと思いますが、ジャック・ザ・リッパーの実力は常人とは隔絶していました。彼はたった一人で敵を殲滅《せんめつ》しています。私たちなんて全く戦力になっていませんでしたよ」

「なるほど、途中で逃げ出したシド・カゲノー君がわからないのも当然ね」

アレクシアがちゃっかり煽《あお》りを入れ。

「うんうん、途中で逃げ出した裏切り者にはわからないのも当然だ」

カナデが全力で同意した。

「ま、まぁシド君が敵を引き付けてくれたおかげで、持ちこたえることができたと考えることもできなくはないというか……」

そしてクリスティーナがフォローした。

「こいつがそんなこと考えてるわけないでしょ。己の命惜しさに逃げただけよ」

「私はあの瞬間を一生忘れない。あれは裏切り者の目をしていた」

「めちゃくちゃ言うよな、君たち」

シドはげんなりした顔で言った。

「そういえば、先ほど報告があったのですが一つ不可解なことが」

クリスティーナが思い出したかのようにそう言った。

「何かしら」

「屋敷にあった美術品の壺《つぼ》が盗まれたそうです。昨日の昼にはまだあったので、おそらく事件の際に盗まれたのではないかと」

「へぇ、それは興味深いわね。どんな壺なの？」

「300年前の陶芸家『ダビンチィ』の作品と言えばわかるでしょうか」

「うぇ、まさか廊下にあったあの2億ゼニーの壺⁉　あれ盗まれたの⁉」

「はい残念ですが……」

「ちょっと、国宝級の壺じゃない！　そんなの廊下に飾るもんじゃないでしょう」

アレクシアが呆《あき》れた様子で言った。

「ああ、盗まれたのは『ダビンチィ』の壺のレプリカですよ」

「へ？　あれレプリカだったの？」

シドが言った。

「はい。本物をあんな場所に飾りませんよ。だからこそ不可解だったのです、犯人はなぜレプリカをわざわざ盗んでいったのか」

「それは、確かに不可解ね。レプリカなんてわざわざ盗む価値もないでしょう」

「一応、出来はいいレプリカだったので売れば数万ゼニーにはなるかと思いますが」

「金目的なら他のものを盗んだ方がいいわね」

「はい、廊下には他にも数百万ゼニーはする美術品が並んでいます。なぜ犯人は一番価値が低いレプリカをわざわざ盗んだのか」

「状況から言って、犯人はジャック・ザ・リッパーか夜剣の関係者の可能性が高いわね」

「まさかあの壺がレプリカだと見破れなかったとか」

「さすがにそれはないわ。いくら出来がよくたって、レプリカなんて見ればわかる。見破れないのは教養の欠片《かけら》もない根っからの貧乏人だけよ」

「そうですね」

クリスティーナとアレクシアが話している横で、カナデとシドが顔を見合わせていた。

「教養の欠片もない……」

「根っからの貧乏人……」

二人肩を落とした。

「これは不可解ね。もしかしたら、ジャック・ザ・リッパーの隠したメッセージがあるかもしれないわ」

「その可能性は否定できません。調べてみる価値はあるかと」

「別に、何にもないと思うよ」

「ポチは黙ってなさい。クリスティーナ、現場に案内して！　僅《わず》かな手掛かりから謎を読み解くのよ！」

「だから、無駄だって」

「行くわよ、ポチ」

その日、アレクシアたちは遅くまで盗難現場を調査したが、結局何も見つからなかった。


僕はクリスティーナさんに先導されて王都の高級住宅街を歩いていた。

周りはどれも十億ゼニーを軽く超えるだろう超高級住宅ばかり。家の規模で言えばクリスティーナさんの家の方が大きかったかもしれないが、町全体が放つ圧倒的なセレブ感に僕とカナデはぽかんと口を開けていた。

「『白の邸宅』はこの先です」

「はえ～」

「おかしいわね。ジャック・ザ・リッパーは絶対にメッセージを残したはずなのよ。もしかしたら太陽の光を廊下の鏡に反射させて浮かび上がる影から暗号を導き出し……」

背後では目の下に隈《くま》を作ったアレクシアがブツブツと無駄な考察を呟いていた。

「な、なんか場違いなとこ来ちゃったかも？」

挙動不審なカナデが僕を見る。

「家で待ってればよかったのに」

「みんなでいた方が安全でしょ！」

「そうかな」

「……アレクシア王女を盾にすれば絶対に生き延びられるし」

カナデはボソッと不敬な言葉を呟いたが、僕の耳はちゃんと聞き取っていた。

どちらかというと僕も不敬な人生を歩んでいる方なので、心の奥で応援する。

「もしかしたらカナデは歴史に名を残すかもな」

もちろん悪い意味で。

「うぇ？　そうかな？　なんか照れるなぁ」

カナデは気持ち悪いニヤケ顔をした。

「ん？」

その時、いつもの癖でふと気配を探った僕は凄《すさ》まじい速さで近づいてくる圧倒的な魔力を感じた。

なんだこいつ、デンジャラスだな。

と思ったら、デルタだ。

「……ヤバいかも」

「うぇ、どうしたの？」

「いや、まぁ……」

このタイミングでアレが来るのはモブとして無駄に目立つ気がする。

「ちょっとうんこして……」

自然な理由で離れようとしたその時。

「ボスーーーー!!」

獣人の少女が凄まじい勢いで突っ込んできた。

「デルタ、待て!!」

「うぅ!?　デルタは待てが苦手なのです！」

一瞬だけスピードを落としたデルタだったが、彼女が待てたのはその一瞬だけだった。

だが、僕にはその一瞬で十分だった。

モブにできる限界の速度でバックステップした僕は、再加速したデルタに再び呪文を放つ。

「待て！」

「うぅ!?」

ビクン、と反応し一瞬スピードを落とすデルタ。

しかしすぐに加速し。

「待て！　待て！」

「うぅ⁉　うぅぅ⁉」

「待て待て待て待て待て‼」

ビクン、ビクン、と徐々にスピードを落として、彼女は僕の前に到着した。

待ての連続で不満そうなデルタと、突然現れた謎の獣人に度肝《どぎも》を抜かれたアレクシアたち。

「うぅぅぅぅ……」

僕はどう説明しようか、頭を抱えた。

「えっとポチ、その獣人は知り合いかしら。なんか、魔力が凄まじいけど」

アレクシアはデルタの魔力に若干引きながら言った。彼女の魔力は待てによってはち切れそうなほど膨《ふく》らんでいたのだ。

「えっと、僕のペットというか……よーしよし」

僕はデルタの魔力が爆発しないようにわしゃわしゃと頭を撫《な》でる。こんな所で爆発したら大惨事だ。

「随分危険そうなペットを飼っているのね。っていうか獣人の奴隷は禁止されているはずだけど」

そう言って、アレクシアは剣呑《けんのん》な視線を向ける。

「あ、ヤバ」

気づいた時には遅かった。

「おい、雑魚《ざこ》がボスに話しかけるな」

デルタはアレクシアの視線を敵意として受け取ったのだ。

「よーしよし、よーしよし!!」

全力でデルタの頭を撫でる僕。

少しずつ顔がとろけていくデルタ。

「雑魚ですって？　それは聞き捨てならないわね」

火に油を注ぐアレクシア。

「おい、バカ、よせ」

アレクシアなんてデルタのデコピンで消失するというのになぜイキれるのか。

「ふぁ〜ガルルるるる」

撫でられて顔をとろけさせながら、アレクシアに低く唸《うな》るデルタ。

僕はデルタをヘッドロックで封じ、ズルズルと引きずって離す。

「いやー僕のペットが騒がせたようで、申し訳ない」

「ちょっと、まだ話は終わってないわよ」

「はいはい、話は後で聞くよ」

割と本気でデルタを拘束し、僕はアレクシアたちから離れた。

「がうっ、苦しいのです」

「あ、ごめんごめん」

高級住宅の塀の陰で奥はデルタを解放する。

「ボス力強い。魔力使ってないのに凄《すご》いのです！」

「ま、鍛《きた》えてるからね。そんなことより僕が表の人間と一緒にいる時に接触しちゃダメじゃないか」

「ん？」

「いや、だからさ。僕が表の人間と一緒にいる時に接触してはいけないルールで……」

「んん？」

不思議そうな顔で首を傾《かし》げるデルタを見て僕は諦めた。

「いや、何でもないよ。僕は無駄なことはしないんだ」

「デルタも無駄なことしないのです！」

「そうだね。ところでデルタは何しに来たんだい？」

「ボスに会いたかったのです！」

「会いたかったから来たの？」

「違うのです！　ボス、さっきのメスボッコボコにしていいですか？　立場をわからせてやるのです！」

「ボッコボコはダメ。あれでもこの国の王女だから面倒なことになる。それで、デルタは何しに来たの？」

「大丈夫なのです！　ボッコボコにしてボスの前で尻を振らせてやるのです！」

「いや、だからデルタは何しに来たの？　それとアレクシアをボッコボコにするのはダメ、禁止」

「ダメなのですか」

「ダメ」

「でもあいつ弱いくせに偉そうなのです」

「偉そうだけどダメ」

「うぅ～～わかったのです」

「それで、デルタは何しに来たの？」

「えっと、デルタは……」

デルタは首を傾げて、何かを思い出すように瞬きをした。

「そうだ！　デルタはメス猫を探しに来たのです！」

「メス猫……ゼータがどうかしたの？」

「アルファ様が探して来いって！　えっと、報告書？　空白が多い？　うーん、よくわからないけどメス猫をボッコボコにして連れて帰ればいいのです！」

「ああ、そうなんだ」

まぁ、人探しならデルタの鼻に頼るのが一番だ。ただ仮に見つけたとしても、ゼータがデルタの指示に素直に従うとは思えないが。

「くんくん、ボスからメス猫の匂いちょっとだけするのです。でも、ちょっとだけ」

鼻をヒクヒクさせたデルタが僕の全身を嗅《か》ぎ回る。

「しばらく会ってないからね。最後に会ったのはこの前の事件の時かな」

「この国は、メス猫の匂いがするのです。でも全部ちょっとだけ。もうどこかに移動した」

匂いを探るデルタの顔が次第に真剣になっていく。狩りをする時の顔だ。

その時、僅かな気配の揺らぎを感じて僕は振り返った。

「デルタ様～待ってくださいぃ～～」

息を切らせた獣人の少女が現れた。青い瞳に白と黒の耳と尻尾をした、どこかシベリアンハスキーを彷彿《ほうふつ》させる美女だ。

「あれ、デルタ様？　もしやそのお方はぁ……」

「えっへん、ボスはデルタのボスなのです！」

デルタは胸を張って紹介になっていない紹介をした。

「あ、ども。シド・カゲノーです。君はデルタの知り合いかな？」

「え、えぇぇぇぇ!?　まさか、ほんとにぃ～!?」

シベリアンハスキー似の彼女は、大きく目を見開いた。

「えっと、デルタ、彼女は？」

「デルタの部下なのです！」

デルタは自慢げにドヤ顔した。

デルタに部下がいるとは。世も末である。

「部下ね。名前は？」

「パイなのです！」

「パイちゃんね」

ギリシャ文字ってことは、ミツゴシ商会の関係者だな。

「パイでぇ〜す。よ、よろしくですぅ〜」

パイはそう言うと、突然ゴロンと仰向けに寝転がった。

「えっと……？」

「服従のポーズなのです！」

デルタは満足そうにうんうんと頷いた。

「あ、そう」

コメントするのも面倒なので、僕は適当に頷いた。

「うぅ〜蔑《さげす》まれてますぅ〜ゴキブリを見る目で見られていますぅ〜」

「そんなことないよ」

そう言えば獣人ってこんなのが多かったよな、と思っただけである。ユキメやゼータは割と例外だったのだ。

「どうしてぇ～パイが何か悪いことしたんでしょうかぁ～主様《あるじ》に嫌われたらパイはこの群れで生きていけないぃぃ」

「ボス！　パイは群れに相応《ふさわ》しくないのですか？　おバカだけどいい子なのですよ？」

「相応しいんじゃない？」

知らんけど。

「やった、ボスがパイを認めたのです！」

「ホントにぃ～パイは主様のために頑張りまぁす」

パイは飛び起きて尻尾をブンブンと振り回した。

「くんくん」

そして鼻を鳴らして僕に近づくと臭いを嗅ぎ始めた。

「パイは主様の匂いを覚えましたぁ！」

「ボス、パイは凄いのですよ！　おバカだけど鼻はデルタよりいいかもなのです！」

「へぇ～凄いね」

どちらかというと、デルタよりおバカな方が凄い。

「あとあと、パイは結構強いのですよ！」

「それは知ってる」

現れた時の気配の消し方が普通じゃなかった。

「えへへぇ～」

惚《とぼ》けた顔で笑っているが、頭以外は悪くないらしい。

「主様はいつ世界征服するんですかぁ～」

「いや、しないけど」

「まだですかぁ～パイは最強の群れを作って世界征服する計画をデルタ様と毎日考えていまぁす」

何だその不穏な計画は。

「パイ、まだなのです！　計画はまだボスの子供を一万人作るところまでしか考えていないのです！」

珍しく焦った様子でデルタがパイの発言を止めた。

二人は僕を気にしながらコソコソと小声で話す。

「えぇ～一万人じゃ世界征服できないんですかぁ～」

「アルファ様がダメって言ったのです！　だからもっともっと、百万人ぐらいいればアルファ様も認めてくれるのです！」

「えぇ～そんなにぃ～！」

デルタがパタパタと両手を振って説明すると、パイはパタパタと両手を振って驚いた。

「だから『デルタとパイが考えた最強の世界征服計画』をボスに話すのはまだ先なのです！」

ものすごく不穏な計画である。実行されないことを祈るばかりだ。

「じゃあ早く計画を練り直さないとぉ～」

「ダメなのです！　今はメス猫を捕らえる任務中なのですよ！」

「あぁ～そうでしたぁ、でもパイは猫アレルギーだしぃ」

その時、僕らの方にアレクシアの気配が近づいてきた。

「ちょっと、いつまで待たせる気なの⁉」

「あーごめんごめん、今行くよ」

僕が目で合図すると、デルタとパイは一瞬で姿を消して遠ざかっていった。

頭は残念だけどこういう咄嗟《とっさ》のコミュニケーションはスムーズなんだよな。犬だからだろうか。

その後、僕はアレクシアたちと合流し、適当な理由を付けて謝った。

「ホワイト伯爵。表玄関にアレクシア王女がお見えになっています」

ホワイト邸の執事に声をかけられたホワイト伯爵は顔を上げた。

「アレクシア王女が、なぜ？」

「ジャック・ザ・リッパーの襲撃の際はぜひ立ち会いたいと」

「面倒な……」

ホワイト伯爵はため息を吐いた。

「敷地内に入ることは許さん。騎士団と一緒に門の外で大人しくしているのであれば許可しよう」

「よろしいのですか？　アレクシア王女ですよ」

「大して力もない王女だ。ジャック・ザ・リッパーを仕留めたら晩餐《ばんさん》会にでも招いて機嫌をとればいいさ」

「では、そのように」

執事は一礼して退出する。

「全く、この忙しい時に……」

ホワイト伯爵は苛立《いらだ》たしげにそう言って、円卓の席についた。

円卓にはホワイト伯爵を含め既に六人の夜剣が座っている。

「お待たせして申し訳ない。今回は力を貸していただき感謝する」

ホワイト伯爵は軽く頭を下げた。

「気にすることはない。これは《十三の夜剣》全体の問題でもあるのだから」

「オヤノ・ボウ伯爵、シノビ子爵、ジェット侯爵まで奴に殺されたのだ。残る夜剣はここにいる六人とダクアイカン侯爵だけ」

「夜剣の弱体化は免れんだろうな。後継者を育てるまで五年……いや、十年はかかるか」

「それは先の話だ。まずはジャック・ザ・リッパーとやらを仕留めることが最優先だろう」

「それは問題ないだろう。ここにいる夜剣上位メンバーが、出し惜しみなく最高戦力をかき集めたのだ。ふざけたピエロなどひとたまりもないさ」

夜剣の上位メンバーは口々にそう言った。

「ダクアイカン様はどちらに?」

ホワイト伯爵は姿の見えない最後の夜剣について尋ねる。

「例の組織と交渉しているようだ。フェンリル派にはもう頼れん。ロキ派の有力者と話がまとまりそうだ」

「上手く交渉が進めば強力な助っ人を送ってくれるだろう」

「相手は一人だぞ。いささか、過剰戦力ではないか？」

「夜剣創設以来の危機だ。過剰なぐらいでちょうどいいだろう。ジャック・ザ・リッパーの正体もまだわかっていないのだから」

「ふざけたピエロの暗殺者か。何の手掛かりもないのか？」

メンバーの話題はジャック・ザ・リッパーに移っていく。

「ホープ家が雇った暗殺者だと思ったが、可能性は低そうだ。ホープ家にあれほどの暗殺者を雇う伝手《つて》はない」

ホワイト伯爵は難しい顔で腕を組んだ。

「ふむ、では別の組織だな。例のシャドウガーデンとやらは？」

「シャドウガーデンならこんな回りくどい真似はせんだろう。わざわざピエロに変装してカードを使い、メッセージを残すなどあの組織はせんよ」

「ジャック・ザ・リッパーは殺しを楽しんでいる。組織ではなく個人の犯行かもしれぬ。快楽殺人か、あるいは怨恨か……」

「個人か……舐《な》められたものだな《十三の夜剣》も」

「思い知らせてやればいい……我々を舐めたらどうなるか」

そして夜剣たちは席を立った。

「魔剣士の準備ができたようだ。案内しよう、今夜ジャック・ザ・リッパーの墓場となる《地下闘技場》に」

ホワイト伯爵がそう言うと、執事が部屋の暖炉に火を入れた。

その炎は青く輝き魔術文字を描いてゆく。そして、暖炉は変形し地下へと続く階段となった。

「何度見ても見事ですな。これが古代エルフの国で使われたアーティファクトですか」

「いかにも。エルフのアーティファクト、エルフの書物、エルフの武器、エルフの奴隷。エルフは何でも金になる」

ホワイト伯爵が先頭に立ち、階段を下りていく。

階段は広く、両脇には物騒な展示物が飾られている。

「おぉ、あの剣は先日負けた兎《うさぎ》の獣人剣士の……」

「あれは素晴らしい試合でしたからな。家族を人質に取られた獣人の執念は凄まじい」

「獣人の中でも兎人は特に家族への愛が深いという。いやはや、家族を助けようとするその想い、目に涙が浮かんだよ」

半ばで折れた血濡れの剣と、ボロボロの鎧《よろい》を指しながら夜剣は話した。

「体は剝製《はくせい》にしているところだ。完成したら剣と一緒に飾ろうと思う」

「その時はぜひ呼んでくれたまえ。そういえば、獣人の家族はどうなった？」

「もちろん、一緒に剝製にして飾ってやるつもりです。この獣人も喜ぶだろう」

「ここを通る度、あの激闘と感動が思い出されるわけか……素晴らしい」

彼らは話しながら、血濡れの武具と沢山の剝製が並ぶ階段を下りていった。

そして、地下闘技場の扉を開けるのだった。

扉の先は薄暗いドーム状の空間だった。

松明《たいまつ》の光が円形の闘技場をぐるりと囲み、壁には黒い染みと戦いの傷が刻まれている。

そこにブシン祭のような華やかさはない。あるのは薄暗く血生臭い死の記憶。

「こちらです」

執事が頭を下げて、ホワイト伯爵たちを特設の観客席へと案内する。

「ここは強力なアーティファクト結界で守られています。ジャック・ザ・リッパーが現れても、夜剣の皆様には指一本触れることはできないでしょう」

夜剣はそれぞれ席に座り闘技場を見下ろした。

「そして闘技場の奥には各地から集った凄腕の魔剣士たちが控えています。リストはこちらに」

執事はそう言って、夜剣に魔剣士のプロフィールが書かれたリストを手渡した。

「ご苦労。これは……よくぞこれだけの魔剣士を集めたものだな」

ホワイト伯爵は息を吞《の》んでリストを捲《めく》っていく。

「ははは、我ら夜剣が金に糸目をつけず集めたのだ。当然の結果だろう」

「ベガルタの剣豪に、都市国家群の悪鬼、そして無法都市の伝説……これはさすがに過剰戦力と言われても仕方がない」

「ジャック・ザ・リッパーはたった一人だぞ。全員で戦わせたら一瞬で消し炭にしてしまうだろう」

「そこはホワイト伯爵の腕の見せ所だ。楽しませてくれるのだろう？」

リストに連なる一流の魔剣士たちを見て、夜剣たちの表情に余裕が戻った。

「もちろん。そのための仕掛けは用意していますよ」

ホワイト伯爵は闘技場の入場口を指す。

「地下闘技場への入り口はあそこ一つ。他は全て封鎖したので、ジャック・ザ・リッパーが我々を狙うとすれば、あそこから入るしかない。そして奴が来ると同時に結界を発動させる」

ホワイト伯爵が手を振ると、闘技場全体が輝きドーム状の結界が発動した。

「この通り。ジャック・ザ・リッパーが結界から出るには、我々が用意した魔剣士を全滅させるしかないのだ」

「全滅などできるはずがないだろう」

「もちろん、だからこそ奴の体力を見ながら我々が相手を選んでいく。はじめは一人ずつ、様子を見ながら徐々に戦力を増やしていくのだ。最高のショーが見られるだろう」

ホワイト伯爵は得意げに言う。

「我々が選んでいいのか？　それは楽しそうだ」

「おお、観客参加型のショーか。最近ミツゴシ商会が始めたという」

「忌々《いまいま》しいミツゴシ商会め。我々の利権を荒らしおって……」

「奴らの商売には見習うべき点も多い。今は敵対より共存を選ぶべきだろう。さて、先鋒《せんぽう》は誰にするか。無法都市の伝説はどうだ？」

「強すぎる。緒戦でいきなり終わったら興醒《ざ》めだ」

夜剣たちは楽しそうに魔剣士を選んでいった。

そして魔剣士選びが一段落すると、ホワイト伯爵がぽつりと呟いた。

「地上は既に陽が落ちたそうだ。果たして、ジャック・ザ・リッパーは来るだろうか」

「これだけの魔剣士が待ち構える場所にもし来たらただのバカだが……来てくれなければ我々がつまらん」

「なに、来なければ我々に恐れをなして逃げたということだ。大々的に噂を流せば我々の面子は保たれる」

「むしろ奴の面子が丸潰れだろう。予告をしておきながら逃げ出したとなれば王都の笑い者だ」

「どちらに転んでも我々が損をすることはないよ」

「魔剣士を雇った懐は痛むがな」

ガハハ、と下品な笑いが地下闘技場に響いた。

「アレクシア王女、本当に大丈夫ですか？」

薄暗い地下通路をアレクシアとクリスティーナとカナデが歩いていた。

「大丈夫よ。私、王都の地下通路には詳しいんだから」

自信満々にアレクシアは先頭を歩く。

「ですが、ホワイト邸に秘密の地下空間があるなんてただの噂話でしょう」

「ただの噂話とは言いきれないわ」

「確証があるのですか？」

「悪い奴の家にはだいたい秘密の地下室があるのよ」

「……はあ」

クリスティーナは曖昧《あいまい》な返事をして、心配そうに最後尾のカナデを振り返った。

「アレクシア様の近くにいれば大丈夫……いざとなれば盾に……」

彼女はビビりながら何かを呟いていた。

「シド君は大丈夫でしょうか。騎士団に置いてきてしまいましたが」

「ったく、ポチは肝心なところでビビリなんだから。ま、剣の腕は平凡だから仕方ないわ。今のところポチは夜剣のターゲットになっていなさそうだし大丈夫でしょう」

「夜剣の関心はジャック・ザ・リッパーですからね。カナデへの監視もなくなったみたいですし」

「うぇ、そうなの⁉」

カナデの目が輝いた。

「はい。夜剣はそれだけジャック・ザ・リッパーを脅威とみなしているのです。この件が解決するまではジャック・ザ・リッパーに戦力を集中するつもりでしょう」

「永遠に解決するなこの件」

カナデは悪い笑みをした。

「心配ないわ。私が考えたこの作戦……ジャック・ザ・リッパーの襲撃で夜剣がゴタゴタしている間に地下からホワイト邸に侵入して奴らの悪事の証拠を片っ端から集める作戦が成功すれば全て解決するのだから」

自信満々にアレクシアが言った。

「あの、シド君がたまたま下水道の入り口を見つけてから即興で考えた作戦ですよねそれ」

「作戦には常に臨機応変な柔軟性が必要なのよ」

「シド君は……いったい何者でしょうか」

クリスティーナは少し間を空けて言った。

「何者って？　ポチはポチよ」

「地下道を発見したのもシド君ですし、それにジャック・ザ・リッパーの残したメッセージはほとんどシド君が解読したんですよ。普通なら怖くてそれどころではないはずです」

「そ、それは……言われてみれば確かに。ポチのくせに鋭いわね」

アレクシアも思い当たる節があるようだ。

「僅かなヒントから真実を見抜くシド君の洞察力は特筆すべきものです」

「わ、私もほぼ解読していたけどね」

カナデがボソッと呟く。

「それに、どこかで会ったことがあるような気がするのです。あの謎めいた雰囲気……もしかしたらシド君は……」

「ポ、ポチがいったい何だっていうのよ……？」

アレクシアが不安そうに言う。

「名探偵、なのかもしれません」

「は？　名探偵？」

「はい。彼の正体はベテランの名探偵。ナツメ・カフカ先生の小説、名探偵コニャンに出てくるような闇の組織に薬を飲まされ若返ったのです。そして生徒のふりをして魔剣士学園に潜入し……」

「あーはいはい、ポチが名探偵のはずないじゃない。あいつは平凡なのよ。ほら、見なさい。ホワイト伯爵家の家紋よ。私の計画通りね」

アレクシアが指す地下通路の壁には確かにホワイト伯爵家の家紋があった。

「そんな、まさか、これもシド君は推理していて……」

「ほらほらほら～私が言った通りじゃない」

アレクシアは得意げに壁を調べ始めた。

「それで、どうするおつもりですか」

「こういう場所にはだいたい隠し扉とかあるものなのよね」

「そう簡単に見つかるとは思えませんが……」

「あった！」

「ええ!?」

アレクシアが何やら家紋をいじくると、ガコッと音がして壁が開いていった。

「城の隠し扉と同じパターンね。権力者の考えることなんてだいたい同じなのよ」

得意げに、アレクシアは黒く狭い通路を進んでいく。

「あーもう、蜘蛛《くも》の巣うっとうしい。長い間使われていないみたいね」

「アレクシア様、危険です。もう少し慎重に……」

「私は慎重派よ。クレアと比べればね」

「そこと比較する意味はあるのでしょうか」

アレクシアの後にクリスティーナとカナデも続く。

そのまま暗い通路をしばらく進み、アレクシアは立ち止まる。

「……行き止まりね」

アレクシアは壁に触れて言った。

「壁は厚そうですがその先に気配があります」

「あれ、壁の下から光が漏れてる」

カナデの指摘通り壁の隙間から僅かな光が見えた。

「壁の素材もここだけ違うみたいだし……ここをこうして……」

壁を押したり引いたりしていると、壁が少し持ち上がり人が通れるだけの隙間ができた。

「よし、行くわよ」

アレクシアは這いずって先に進んでいく。

「気を付けてください、アレクシア王女」

「この場合最も安全なのは二人目……三人目は壁が落ちてきて潰されるか魔物に足を食われて
……」

「危険ですので、カナデは私の後についてきてください」

「うぇ⁉」

カナデは這いずって進むクリスティーナを呆然と見つめて慌てて背後を振り返った。

「ま、魔物の気配なし、追跡者もなし……」

そして壁の安全性を確かめるとクリスティーナの後を這いずった。

「キャッ⁉　ちょっと、押さないでカナデ！　スカートが！」

「無理無理無理無理」

「ちょっとクリスティーナ⁉　いくら私のお尻が魅力的だからって揉まないでよ」

「ち、違います、カナデが押すから……」

「早く早く早く早く」

カナデに押し出される形で、三人は壁の先へと這い出した。

「いったぁ〜もう、何なのよここ」

そこは、ドーム状の薄暗い空間だった。

「アレクシア様、あそこ……！」

クリスティーナが指さす先に、夜剣の貴族たちが揃っていた。薄暗く距離があるため向こうからは気づかれていないようだ。

「夜剣が、六人も……これはいったい」

「ゴクリ……」

三人は気配を潜めて物陰に隠れる。改めて周りを見渡すと、彼女たちがいるのはどうやら観客席のようだ。

「ここは闘技場かしら……ホワイト伯爵邸の地下で間違いないようだけど」

「伯爵には悪い噂があります。奴隷を戦わせ賭博《とばく》をしていると……まさか本当だったのでしょうか」

「ゴクリ……」

彼女たちが様子を窺《うかが》っていると、闘技場が薄く輝き出した。

「何かが、始まりそうね……」

そう言って、三人は光の中心に目を向けた。

Not a hero, not an arch enemy,
but the existence intervenes in a story and shows off his power.
I had admired the one like that, what is more,
and hoped to be.
Like a hero everyone wished to be in childhood,
"The Eminence in Shadow" was the one for me.
That's all about it.

The Eminence in Shadow

I can't remember the moment anymore.
Yet, I had desired to become "The Eminence in Shadow"
ever since I could remember.
An anime, manga, or movie? No, whatever's fine.
If I could become a man behind the scene,
I didn't care what type I would be.
Not a hero, not an arch enemy,

四章

そして怪物は伝説となる!

The Eminence in Shadow
Volume Six
Chapter Four

「ジャック・ザ・リッパー……来ませんな」

夜剣の一人が晩餐《ばんさん》に手を付けながら待ちくたびれたように言った。

時刻は24時に迫り日付が変わろうとしている。

「結局、我らを恐れて逃げたか」

「ワコクの武芸者を倒したと聞いていたがな。期待外れだったか」

「よいではないか。我ら夜剣が力を合わせれば、誰も歯向かうことができぬという証明になった」

「いささか、戦力を集めすぎてしまったようだ。ジャック・ザ・リッパーには荷が重かったのだろう」

夜剣たちは嘲《あざけ》るように笑った。

「日付が変わったら噂《うわさ》を流そう。ジャック・ザ・リッパーは恐れをなして逃げ出し、夜剣はいまだ健在と。二度と我らを侮《あなど》るような……」

ホワイト伯爵がそう言いかけた時、闘技場が薄く輝き出した。

光は何かに反応するかのように徐々に強くなっていく。

「これは……」

「どうやら、来たようだぞ。侵入者の魔力に反応しているのだ」

そして闘技場全体が強く輝くと、ドーム状のアーティファクトの結界が完成する。

その中心にいつの間にか血濡れのピエロが立っていた。

「あれがジャック・ザ・リッパーか」

「血濡れのピエロ。報告にあった通りだな」

「ふむ……強そうには見えぬが」

「見かけだけでは何もわからぬよ。だが少なくとも頭は悪いようだ。わざわざ我らの罠《わな》にかかりにきたのだから」

「違いない。まぁ、退屈しのぎになればそれでよい」

夜剣たちは身を乗り出して闘技場のジャック・ザ・リッパーに注目する。

「ジャック・ザ・リッパーよ。よくぞ逃げずに来た。だが待ちくたびれてしまったぞ。覚悟を決めるのに時間がかかったか？」

芝居がかった口調でホワイト伯爵が言った。

だがジャック・ザ・リッパーは微動だにしない。

「何とか言ったらどうだ。我ら夜剣に用があって来たのだろう。恨み言があれば聞いてやる。

親を殺されたか？　それとも子を売られたか？　財産を奪われたか？　すまないが、数が多すぎていちいち覚えていないのだ」

闘技場に夜剣の笑い声だけが響いた。

「震えて声が出ないのかな。まぁいい、お前のためにとっておきのゲームを用意した。ルールは簡単だ。我らが用意した刺客を全員倒すのだ。そうすれば闘技場を囲む結界は解除される。そうなれば予告通りに我らを殺せるかもしれんぞ？」

ホワイト伯爵は余裕の表情でジャック・ザ・リッパーを見下ろした。

「念のため言っておくが、この結界は強力なアーティファクトでできている。お前が百回生まれかわっても稼げないほどの金額がかかっているのだ。力ずくで破壊しようとしても無駄だ。お前に残された道はただ一つ。刺客を全《すべ》て倒すのみ！」

ホワイト伯爵は大きく腕を広げて声を張った。

「さぁ始めよう！　第一の刺客の登場だッ！」

そして闘技場の扉が開き魔剣士が登場した。

重厚な鎧《よろい》に巨大な剣を持つ見上げるほどの大男だ。彼はその大剣を軽々と振り回すと、振り返って観客席の夜剣へと一礼した。

「この男は都市国家スパルタンの魔剣闘士だ!!　世界一過酷と言われるスパルタンのコロッセウムで二百戦無敗！　その剛剣で対戦相手をことごとく両断し、付いた二つ名が『挽肉《ひきにく》のブッチャー』！」

ブッチャーはのしのしと近づき、ジャック・ザ・リッパーを見下ろした。

「おいおい、控室にやべぇ奴《やつ》らが集まってたからどんな奴と戦うことになるかと思ったらピエロ野郎かよ」

ブッチャーはニヤリと笑うと肩に大剣を担ぎ構えた。

「それでは、第一試合開始！」

開始の合図と同時に、ブッチャーが大剣を振り下ろす。

凄《すさ》まじい音と衝撃が闘技場を震わせた。

「な、何たる剛剣」

「これがスパルタンの魔剣闘士か。噂以上だな……！」

「だが当たっていないぞ」

そう、ブッチャーの一撃は当たっていなかった。

しかしジャック・ザ・リッパーが避けたわけではない。最初から当てない軌道だったのだ。

「今のはわざと外した。一発で終わったら、観客が楽しめねぇからよ。魔剣闘士ってのは勝つだけじゃ二流、観客を楽しませて一流だ」

得意げにそう言ったブッチャーは大剣を肩に担ぎ構えた。

「来いよピエロ野郎。お前の実力はわかった。今のに反応すらできない奴じゃ、どう足掻《あが》こうが俺には勝てない。だが安心しな、三流との戦いを盛り上げるのも魔剣闘士の仕事ヴゅげらばッ⁉」

ブッチャーが垂直に吹っ飛んだ。

彼は顔面から血飛沫《しぶき》を撒《ま》き散らしながら上空の結界に激突しベチャッと潰れて張り付いた。

ポタ、ポタ、と落ちた血がピエロを染める。

彼は蹴り上げた脚をゆっくりと下ろした。

「……し、勝者ジャック・ザ・リッパー」

ホワイト伯爵はかろうじてそう言った。

夜剣たちがザワザワと騒ぎ出す。

「な、何があった⁉」

「蹴りだ。信じられない速さの蹴りで……！」

「バトラー伯爵、お主は見えたのか」

「かろうじてな。俺はこれでも、腕っぷし一つでのし上がってきた。奴は……」

「そう言えばバトラー伯爵は魔剣士としても相当な腕前であったな」

「バカな、蹴り一発でやられたというのか」

「だが緒戦は勝てる相手を用意したのだ。想定の範囲内だろう」

「二戦目の相手を変更してはどうだ。バトラー伯爵もそう思うだろう？」

「ああ……」

誰も異論はなかった。

ホワイト伯爵はワインを飲むと二戦目の相手を呼んだ。

「それでは、二戦目の相手の登場だ！」

現れた魔剣士はなんと三人だった。

「彼らはベガルタ内乱で名を上げた伝説の傭兵団『白狼』の隊長格だ‼　しかしオリアナ王国の戦いで雇い主ドエム・ケツハットが死亡し経営が火の車！　本来ならこんな所に出るはずもない歴戦の猛者《もさ》たち、一人一人がブッチャー以上の本物の実力者だ！　戦場で鍛えた連携と、赤字経営で鍛えた鋼の精神をご覧あれ‼」

三人は三十代から四十代の落ち着いた魔剣士だった。

得物はそれぞれ剣、斧《おの》、槍《やり》。

鋭い眼光でジャック・ザ・リッパーを見据えている。

「……どう思う？」

剣の傭兵が言った。

「わからん。実力がまるで読めん。しかし、実力が読めんということが異常なのだ」

斧の傭兵が言った。

「楽な仕事だと思ったんだがなぁ。三対一だが悪く思うなよ」

槍の傭兵が言って、三人はそれぞれの得物を構えた。

「それでは、第二試合開始!!」

開始と同時に三人はジャック・ザ・リッパーを囲むように散開した。

彼らはジリジリと間合いを計りながら様子を窺う。

ジャック・ザ・リッパーは直立不動のまま。

『白狼』の隊長たちはゆっくりとその周りを回る。

一周、二周、そして三周……。

何の変化もない退屈な時間が過ぎた。

「……回っているだけではないか」

夜剣の一人が言った。

同調するように不満の声が上がる。

その声は『白狼』にも聞こえているはずだった。しかしそれでも、彼らは動きを変えずジャック・ザ・リッパーを中心に回り続けた。

何も変化がない。

表面的にはそう見える戦いだったが、小さな変化が『白狼』たちを襲っていた。

ポタ、ポタ、と異常なほどの汗が三人の顔から流れ落ちていた。

そして徐々に荒くなっていく呼吸と、極限の集中により血走った目。

異様な緊張感が闘技場に広がり、不満の声もいつしか消えていった。
辺りが静まり返った。
その瞬間、ジャック・ザ・リッパーが動く。
彼はたった一歩、足を踏み出した。
何の変哲もなく、危険性もない、無造作な一歩だった。
だが『白狼』の反応は異常だった。
一瞬のうちに、闘技場の端まで飛び退《の》いたのだ。
荒い呼吸と、強張《こわば》った顔。そしてカタカタと震える武器が彼らの心情を物語っていた。
未だかつて感じたことのない恐怖が彼らを襲っていた。
彼らの視線の先にいるのは、ただ奇妙なピエロ。
しかし歴戦の傭兵の目は、まるでこの世の終わりでも見るかのようだった。
傭兵の一人が、剣を下ろした。
続いて、槍と斧も同時に武器を下げた。
「止《や》めだ、割に合わない……」
震える声で剣の傭兵が言った。
「止め……？　まさか、試合を放棄するつもりか⁉　契約違反だぞ！」
「俺たちは傭兵だ。戦場で死ぬ覚悟はあるが、カビ臭い地下で死ぬのは御免だぜ」

槍の傭兵が言った。

「ふざけるな！　違約金がいくらか忘れたのか⁉　隊長格が逃げたと噂が広まれば『白狼』の評判は地に落ちるぞ！」

「一億でも二億でも払ってやる。噂も好きに流せよ」

そう言って、斧の傭兵は小さく笑った。

「き、貴様！　何が可笑《おか》しい⁉」

「生きて明日を迎えられると思っているお前らが滑稽《こっけい》でな」

そう言って、三人の傭兵は背を向けて闘技場を後にした。

ジャック・ザ・リッパーは追わなかった。ただ仮面の奥で小さく笑っていた。

「くっ……野蛮な傭兵如《ごと》きが！」

顔を紅潮させてホワイト伯爵が唸《うな》った。

「とんだ期待外れだったな」

「愚かな傭兵どもには報《むく》いを与えればよい。追手の手配をしろ」

「『白狼』も終わりだな。あんな腑抜《ふぬ》けが隊長格だとは。ん、バトラー伯爵どうかしたか？」

バトラー伯爵の顔色はとても悪かった。

「伯爵、体調でも悪いのか？」

「全戦力で潰した方がいいかもしれない」

「何を言っているのだ、バトラー伯爵」

「……今の戦い、俺には何一つ理解できなかった」

「そりゃ、ただ周りを回っていただけだからな。我々にも理解できんよ」

「だが『白狼』の隊長格の実力は知っている。奴らは間違いなく、この大陸最高峰の傭兵団だ」

「あれで大陸最高峰とは大したものだ」

夜剣たちはバカにしたように笑った。

「奴らが戦わずに逃げ出したのだ。『白狼』の名誉を捨てての敵前逃亡だ。必ず理由がある」

「その理由とは？」

「奴らにとってジャック・ザ・リッパーは想像を超える化け物だったのではないか」

「……バカバカしい。バトラー伯爵は我々を怖がらせるのが好きなようだ」

「まぁ、ここは伯爵の忠告に従って次こそはまともな相手を用意しようではないか。ベガルタの剣豪はどうだ？」

「うむ、それでいい。おい、対戦相手の変更だ」

執事に変更を伝えると、彼は渋い顔をした。

「それが、その……ベガルタの剣豪は帰られました」

「何？　帰っただと⁉」

「はい。『嫌な予感がするぴょん』と言って、去っていきました」

「そのまま帰したというのか⁉」

「は、はい。報酬は全額返却されましたし、その、風のように消えてしまって誰も追うことができず……」

「何という……どいつもこいつも愚弄《ぐろう》しおって！　もうよい！　都市国家群の悪鬼と無法都市の伝説を呼べ！」

怒りに震えるホワイト伯爵が言った。

「は、はい。すぐに‼」

執事は急いで退出していった。

「全く、腹立たしい」

「まぁまぁ、落ち着きたまえ伯爵。最初からあの兎人は強そうに見えなかった」

「見た目もよく物珍しい兎人の女剣士だ。噂に尾ひれがついたのだろう。実力が伴わない人気先行の魔剣士などどこにでもいる」

「雑魚《ざこ》を出しても恥をかくだけよ。都市国家群の悪鬼と無法都市の伝説がいればそれでよいわ」

「魔剣士はまだまだいるというのに、最高戦力を序盤に出すとは。しかも、二人同時に」

「まぁ、よいだろう。長引かせれば楽しくなるわけではないのだから。バトラー伯爵もそれでよいか？」

「あぁ……」

頷《うなず》いた伯爵の顔色は悪かった。

そして、闘技場に都市国家群の悪鬼と無法都市の伝説が現れた。


ジャック・ザ・リッパーは都市国家群の悪鬼と無法都市の伝説を二人同時に相手にしながら、息一つ乱さずに撃退した。

「あれが、ジャック・ザ・リッパー……」

アレクシアは血濡れのピエロの戦いを見て息を呑《の》んだ。

戦いは一方的だった。

二人の達人を相手に、ジャック・ザ・リッパーは嬲《なぶ》り続けたのだ。

背を向けて逃げ出した都市国家群の悪鬼と無法都市の伝説は細切れになり、血に染まった闘技場が残った。

「まるで本気を出していない……」

アレクシアが最も驚愕《きょうがく》したのはそこだった。

都市国家群の悪鬼と無法都市の伝説はアレクシアの目から見てもかなりの使い手だった。決して噂だけの魔剣士ではない、確かな実力があったのだ。

それを一方的に嬲り殺すとは、尋常な実力ではない。アレクシアが知る限り、そんなことができるのはたった一人。

「シャドウ……」

ジャック・ザ・リッパーの実力はシャドウに匹敵するかもしれない。

信じがたいことだが、そうとしか考えられなかった。

アレクシアが何より気になったことは、ジャック・ザ・リッパーの纏《まと》う空気がどこかシャドウを彷彿《ほうふつ》とさせたことだ。

「あの動きは……いえ、そんなはずがない」

戦い方も魔力の質もシャドウとは違う。

強者の動きは本質的な部分で似通うと武神が言っていたのを、アレクシアは思い出した。

「アレクシア王女、どうしますか」

クリスティーナが小声で尋ねた。

「……待ちましょう」

「ですが、皆がジャック・ザ・リッパーに注目している今が好機では？」

「いいえ、後の方が動きやすいわ」

「後ですか？」

「そう。全てが終わってから」

そう言って、アレクシアは闘技場のジャック・ザ・リッパーに視線を注ぐ。その一挙一動を見逃さないよう瞬きすら忘れて。

闘技場には既に次の相手が並んでいた。

その数、なんと百人以上。

「滑稽ね。戦力を小出しにして消耗……滅亡する国の典型よ」

「ジャック・ザ・リッパーはこの数の魔剣士相手に勝てるのでしょうか」

ジャック・ザ・リッパーを囲んでいるのはいずれも一流の魔剣士だ。

夜剣が本気を出して集めた魔剣士であり、その質は王都の騎士団よりも高いとアレクシアは判断した。

「最近、少しずつわかるようになってきたの。強さとは何なのか。自分と彼らはどれだけの力の差があるのか」

「アレクシア王女の目にはジャック・ザ・リッパーがどう映るのですか」

「そうね……」

アレクシアは少し言葉を探し沈黙した。

「……次元が違うわ」

そう呟いた。

「次元が……それほどですか」

「ゴクリ……」

カナデが息を呑み、そして……。

「我が僕《しもべ》ジャック・ザ・リッパーよ……殺せ、愚かな夜剣どもを皆殺しにするのだ」

小さく呟いた。

次の瞬間、百人を超える魔剣士がジャック・ザ・リッパーに襲い掛かった。


「何ということだ……」

ホワイト伯爵は呆然《ぼうぜん》と呟いた。

観客席の夜剣たちは言葉を失ったかのように沈黙する。

彼らの空気が変わったのは都市国家群の悪鬼と無法都市の伝説が敗れてからだった。

都市国家群の悪鬼はジャック・ザ・リッパーの仮面に傷をつけた。

無法都市の伝説はジャック・ザ・リッパーの衣装を切り裂いた。

しかし、彼らにできたのはそれだけだった。

彼らの動きはすぐに見切られて、一方的に嬲り殺されたのだ。

そして、誰かが言った。

『ここに、彼ら以上の戦力がいたか?』

誰も答えなかった。彼らが用意した最強戦力が都市国家群の悪鬼と無法都市の伝説だったのだ。

瞬く間に恐怖が広がった。

夜剣の顔から余裕が消え去った。

そして彼らは、なりふり構わず全ての魔剣士を投入したのだ。

戦いはまだ続いているが、結果は見えていた。

全ての魔剣士が殺された。

血で染まった闘技場の中心で、ジャック・ザ・リッパーが観客席をじっと見ていた。

「悪いが私は帰らせてもらう！　ホワイト伯爵、この場は君が責任を持って収めるのだぞ！」

夜剣の一人が席を立つと、堰《せき》を切ったように他の者も動き出す。

「待て、待ってくれ！　私はまだ……！」

退出する夜剣たちにホワイト伯爵が縋《すが》り付く。

その時、低く貫禄のある声が響いた。

「諸君、そんなに慌ててどこへ行こうというのだね」

その時、観客席に現れたのは威厳ある壮年の男性。

「ダ、ダクアイカン侯爵！　いらしたのですね！」

「諸君らが不甲斐《ふがい》ないから、わざわざ来てやったのだ」

ダクアイカンの見下したような物言いに、何人かの夜剣が顔を顰《しか》めるが口には出さない。

「しかし、今さら何かできることがあるとは……」

「ふん。諸君らのために教団からとっておきの助っ人を連れてきたのぉ」

そう言って、ダクアイカンは闘技場を指した。

そこにフードを被《かぶ》った人が立っていた。いや、あれは果たして人なのだろうか。

「教団の助っ人ですか……しかし、何だあれは」

長いローブに隠されたシルエットは歪《いびつ》で、人とは異なる生物のように見えた。

「くくく、あれは教団が人体実験を重ねて完成した人体兵器。さぁ、その姿を見せるがいい!!」

ダクアイカンが指示すると、人体兵器はローブを脱いだ。

異形の姿が露《あら》わになる。

「こ、これは……!」

継《つ》ぎ接《は》ぎだらけの歪な肉の塊がそこにあった。

性別の判断すら難しい。男……いや、女だろうか。

女性らしい雰囲気が残っているように感じたが、果たしてこの肉塊に性別など何の意味があるだろうか。

かろうじて人型を保っているだけの化け物。

「実験体227番ミリア、それが彼女に付けられた名前だ」

「彼女……女なのか」

「彼女はフェンリル派の実験体だった。シャドウガーデンに敗れて破棄されたが、ロキ派の研究者が回収し再生したのだ」

「シャドウガーデンに敗れたのか……」

夜剣から落胆のため息が漏れた。

「そう心配するな。フェンリル派の実験体を、ロキ派の研究者が改良したのだ。絶対に交わるはずのない派閥の技術が融合した結果、最強の人体兵器が出来上がった。その力はかつての十倍以上……と言っておったわ」

ダクアイカンは最前列に進むと鼓舞するように声を張り上げた。

「実験体227番ミリアよ！　我が命《めい》に従いジャック・ザ・リッパーを葬るがいい!!」

そして、戦いが始まった。

異形の実験体ミリアは獣のように駆けた。

その姿が霞《かす》むほどの速さで、ジャック・ザ・リッパーの背後に回る。

そして、強大な右腕を一閃《いっせん》。

「おお!?」

凄まじい魔力の奔流《ほんりゅう》が闘技場を蹂躙《じゅうりん》する。

決して壊れるはずのない結界が、ギギッと音を立てて軋《きし》んだ。

「な、何たる魔力だ……!?」

闘技場は魔力の余波で深く抉《えぐ》られて地形が変わっていた。

「奴は……奴はどこだ？」

闘技場にいたのは、右腕を振り抜いたミリアだけ。

ジャック・ザ・リッパーの姿は見つからず、跡形もなく消し飛んだのだと察することができた。

「終わってみれば、呆気《あっけ》ないものだな……」

静まった観客席で、ホワイト伯爵が呟いた。

夜剣たちにもどこか安堵《あんど》の表情が浮かんでいる。

「さすが、教団が作り上げた最強の人体兵器。結界が破られるかと思いましたぞ」

「ははは、この結界は誰にも破れんよ。だが、一瞬もしやと疑った。それが教団の強さであろう」

「教団との関係、今以上に強化した方がよさそうですな」

感想を口にしていく夜剣たち。

「いかにも。一連の事件で夜剣にも多くの犠牲者が出たが、ロキ派と繋《つな》がることができたのは我らの成果である」

ダクアイカンがそう言うと、どこからともなく拍手が響いた。

「うむ、全ては夜剣のため」

ダクアイカンは、辺りを見渡した。

しかし誰も、拍手している者はいなかった。

皆が顔を見合わせる中、乾いた拍手だけが観客席に響いていた。

その中に一人、顔を蒼白にして震えている男がいる。

バトラー伯爵である。

彼は震える指で、誰もいない席を差していた。

「どうした、バトラー伯爵」

ダクアイカンが不思議そうに問いかける。

「そ、そこに……」

彼が指すのは誰もいない席。

――そのはずだった。

しかし、いつの間にかそこに血濡れのピエロが座っていた。

「ジャック・ザ・リッパー!? な、なぜ貴様がそこにいるッ!!」

蜘蛛《くも》の子を散らすように、夜剣たちがジャック・ザ・リッパーから離れた。

「け、結界は!? 結界はどうなった!?」

結界がある限り、ジャック・ザ・リッパーが観客席に現れるはずがない。

「そんな、どうやって……ッ」

ジャック・ザ・リッパーは拍手を止めてゆっくりと立ち上がる。

その手にスペードの7のトランプを持って。

ジャック・ザ・リッパーがゆっくりとトランプを投げる。

まるで停止した世界の中で、ジャック・ザ・リッパーだけが動いているかのように、誰も、
その緩慢《かんまん》な動きを止めることはできなかった。

カッ、と。

小さな音と同時に、そのトランプは夜剣の頭に深く突き刺さった。

「あ、あぁ……」

彼は前のめりに倒れ、ビクンビクンと痙攣《けいれん》する。

誰も、動けなかった。

シンと静まり返った空気の中で、血だまりが広がっていくのをただ見ていた。

命を握られている。誰もがそう感じていた。

動いても殺される、叫んでも殺される、何もしなくても殺される。

極限の緊張の中で、ジャック・ザ・リッパーはあくまでゆっくりと動き、トランプを一枚ずつ取り出していく。

スペードの8。

スペードの9。

スペードの10。

スペードのJ。

スペードのQ。

スペードのK。

ちょうど、六枚。

ジャック・ザ・リッパーはここにいる夜剣と同じ数のトランプを手に広げ、その中からスペードの8を抜いた。

ゆっくりと構える。

狙われた夜剣は目を見開いて首を横に振った。

「ひ、ひぃ……助けて……」

その声に応えるかのように、闘技場で魔力が膨れ上がった。

実験体227番ミリアだ。

彼女は一瞬で距離を詰めると、肥大した右腕をジャック・ザ・リッパーに叩《たた》きつける。

凄まじい衝撃音が響いた。

ガン、ガン、ガン、と何度も立て続けに響く。

しかし、ジャック・ザ・リッパーは微動だにしていなかった。

実験体227番ミリアは、ジャック・ザ・リッパーとの間に立ち塞がる光る壁を叩き続けた。

「け、結界……」

誰かが引き攣《つ》った声で言った。

結界は未だに健在だった。

実験体227番ミリアは、それに阻まれていた。

ではなぜ、ジャック・ザ・リッパーはここにいる？

誰も理解ができなかった。

ガン、ガン、ガン、と大気を震わす衝撃音が鳴り響く中、ジャック・ザ・リッパーはスペードの8を投げた。

一人、死んだ。

スペードの9を投げた。

また一人、死んだ。

スペードの10を投げる。

さらに一人、死んだ。

ガン、ガン、ガン、と実験体227番ミリアは結界を殴る。

「だ、だから言ったのだ、全力で、潰すべきだと……こいつは化け物ッ」

言い終わる前に、バトラー伯爵の心臓にスペードのJが深く刺さった。

絶望の顔で胸を押さえ、バトラー伯爵は倒れた。

「そ、そうだ、結界を……結界を解除すれば……誰か、結界を解除するのだ！」

ホワイト伯爵が声を張り上げる。

しかし、その声に応える者は誰もいなかった。

「誰か！　誰か！　誰か！　誰か！　誰か！　誰か！　誰か！　誰か！」

ホワイト伯爵は狂ったように叫び続けた。

いや、その目は完全に正気を失っていた。

「誰か！　誰か！　誰か！　誰……ッ」

その喉にスペードのQが突き刺さった。

ホワイト伯爵はカヒュッ、カヒュッと何かを叫びながら死んでいった。

そして、最後にダクアイカンが残った。

彼は腰が抜けて座り込んでいた。

ジャック・ザ・リッパーはスペードのKを右手に持ち、くるくると回転させて遊んでいた。

まるで、彼の命を弄《もてあそ》ぶかのように。

「何なんだ、貴様は……貴様のような化け物がなぜこんな所に……」

十三の夜剣の長《おさ》に相応《ふさわ》しくない、か細い声だった。

「助けてくれ、何でもする、金も払うッ」

ジャック・ザ・リッパーはスペードのKを器用に操り遊ぶ。

「謝罪が必要ならいくらでも頭を下げる、だから頼む、命だけは……」

そう言って、ダクアイカンは地面に頭を擦《こす》り付け詫びた。

「命だけは、命だけは……ッ」

そして、頭を擦り続けるダクアイカンの後頭部にスペードのKが突き刺さった。

十三の夜剣が全滅した瞬間だった。

ダクアイカンの死に様は、まるでこの世の全てに詫びるかのようなものだった。

ガン、ガン、ガン、とミリアが結界を叩く音が虚しく響く。

ジャック・ザ・リッパーは観客席の死体を一度見渡して、そしてミリアの方へと向いた。

ミリアはただ、結界を叩き続ける。

ジャック・ザ・リッパーはゆっくりと歩みを進める。

結界へと――。

そして、ジャック・ザ・リッパーの腕が結界に触れた。

そこから煙のように青紫の魔力が広がったかと思うと、彼の体は結界の中へと入っていった。

すかさず、ミリアが襲い掛かる。

「グオォォォォォォ!!」

と歓喜の叫びを上げて薙《な》ぎ払った右腕は、無防備なジャック・ザ・リッパーを吹き飛ばした。

彼は凄まじい勢いで壁に叩きつけられた。

しかし、何事もなかったかのようにムクリと起き上がるとミリアを見据えた。

「ゴアァァァアアアアアア!!」

ミリアは獣のように襲い掛かった。

その巨体と、身体能力と、魔力が完璧なまでに融合した教団の最高傑作。

それは圧倒的な暴力となって闘技場を破壊し、強固な結界を揺るがした。

ピンボールのように、ジャック・ザ・リッパーの肉体が弾《はじ》かれる。

何度も、何度も、彼は闘技場を転がった。
だが彼は倒れなかった。
攻撃は当たっているのだが、上手く衝撃を逃し致命傷を避けていたのだ。
その瞳はただじっと、ミリアを見据えている。
「ギャアァァァァアアアアアアア!!」
ミリアが咆《ほ》えた。
彼女は赤黒い体液を撒き散らしながら、肉体を変形させていく。
背中から、胸から、そして顔からも、無数の細い触手が生えてきた。
それは禍々《まがまが》しい色と造形で闘技場を埋め尽くすほど広がった。
軽く千を超える触手が、ジャック・ザ・リッパーを囲んでいる。
そして一斉に触手が突き刺さった。
ジャック・ザ・リッパーを貫いた触手は、瞬く間に彼の肉体を埋め尽くしていった。
後には蠢《うごめ》く触手だけが残った。

まるでイトミミズのようだとクリスティーナは思った。

触手に貫かれたジャック・ザ・リッパーはもう見えない。ただ細く不気味に蠢く触手の塊を見て、彼女はイトミミズを連想したのだ。

「死んだの……？」

隣に立つアレクシアが言った。半信半疑といった様子だ。

「どうでしょう。彼がこれほど呆気なくやられた理由がわかりません」

「反撃しなかったものね」

「はい……」

ジャック・ザ・リッパーは一度も反撃の意思を見せなかったのだ。

彼の望み通り十三の夜剣は全員死んだ。

長きに亘《わた》りミドガル王国の裏社会に君臨した者たちの最期は、何とも呆気ない幕引きだった。

あれほど威勢がよかったというのに、情けないものだ。

思わず笑みがこぼれそうになったクリスティーナは、慌てて口元を隠した。

ともあれ、十三の夜剣は消滅し、ジャック・ザ・リッパーの目的は達成されたのだ。

ミリアとの戦いは彼にとって目的の外。

「目的が達成されて、満足したのかも……」

言ってみたが、どこかしっくりこなかった。

「これだけの触手の中で生き残るのは困難ね」

アレクシアは険しい顔で言った。

触手の一本一本が強靱《きょうじん》で、そこには強い魔力が込められている。それが今もなお増え続けているのだ。

彼女がそう考えるのも自然なことだった。

――その時。

触手の隙間から青紫の光が漏れた。

はじめは小さく、ほんの僅《わず》かだった光は、やがていたる所から漏れ出して闘技場を青紫に染めていく。

「こ、これは魔力――!?」

それも、想像を絶するほど強大な。

そして膨れ上がった魔力は、全ての触手を吹き飛ばした。

「ギョァァァァッァアアアアアアアアアアッ!!」

ミリアの悲鳴。

彼女は千切れた触手を掻《か》き毟《むし》って痛みに鳴いた。

青紫の光は徐々に納まっていく。

そこに、漆黒《しっこく》のロングコートを纏った男が立っていた。

「そんな……まさか……！」

カツ、カツ、とブーツを鳴らして歩くその男は。

「我が名はシャドウ……陰に潜み、陰を狩る者……」

深淵《しんえん》から響くような声で、そう言った。

「シャドウ……どうして、彼が……」

アレクシアは唖然《あぜん》としていた。

クリスティーナも混乱していた。しかし、彼が自分の前に現れたことは、何か意味があるように思った。

彼には何か理由がある。

世界中の罪を背負い、それでもやり遂げなければいけない何かがあると、彼は言ったのだ。

その血濡れの道を、クリスティーナは見届けたかった。

「ギ……ァァァァアアアア」

混乱していたのはクリスティーナたちだけではなかった。

ミリアもまた、突然現れたシャドウの前で動きを止めていた。

「ァァァァアアアアアアアアアアアアアア」

混乱から、憎悪へ。

「ジャァァァアアアアドォォォォオオオオオオオ!!」

初めての、人間らしい声だった。

それは「シャドウ」と叫んでいるようにも聞こえた。

「シャァァアアアドォォォオオオオオオオオオウウウ‼」

ギチギチ、皮膚を突き破り新しい触手が生えてくる。

ミリアはその触手と、強靭な右腕でシャドウを攻撃した。

嵐のような連撃。

数多《あまた》の触手が迫り、右腕が凄まじい勢いで薙ぎ払う。

その絶え間ない連撃の中を、シャドウは舞った。

触手を斬り払い、紙一重で右腕を躱《かわ》し、まるで風に舞う花弁のようにひらひらと。

華麗に舞いながらその合間に小さな棘《とげ》を刺す。

青紫の軌跡《きせき》が、ミリアの肉体を刻んでいく。

ミリアの血が飛び散り、傷痕《きずあと》に青紫の魔力がこびり付いていく。

時が経《た》つにつれて、ミリアの肉体には青紫の痕跡《こんせき》が増えていった。

「どうして……倒さないのかしら」

アレクシアが言った。

「あの化け物は確かに強い。でもシャドウにはまだ余裕がある。これじゃまるでいたぶっているみたいよ」

それはクリスティーナも同意見だった。

どうして、一思いに殺さないのか。シャドウにはそれだけの力があることを彼女は知っている。

「何か理由があるのよ」

「理由？」

「彼には使命がある。見届けましょう、その血濡れの道を……」

「はぁ？」

アレクシアが首を傾《かし》げた、その時。

「シャドウゥゥゥゥウウウウウウ!!」

ミリアの叫びが響き渡る。

それははっきりと聞こえた。間違いなく彼女は「シャドウ」と叫んでいた。

「声が、戻ってる？」

ミリアは人間の少女のような声に近づいている。

絶え間ないミリアの連撃。

その隙間に煌めく青紫の軌跡。

青紫の魔力はミリアの肉体にこびり付き、いつしかその全身を覆っていた。

「こ、これは……！」

ミリアの肉体が一回り小さくなっていた。

肥大した化け物の肉が削られて、白い少女の肌がまだらに見える。

彼女は化け物から人間に、戻ってきていた。

「青紫の魔力が彼女を癒《いや》している……」

クリスティーナは、青紫の魔力が濃い場所から癒《い》えていることに気づいた。

柔らかな白い肌と、おぞましい化け物の肉と、糸のような触手。

それらが混じって悲しい悲鳴を上げる。

「シャドウゥゥゥゥ……!!」

その声が泣いていることに気づいた。

彼女の顔の半分は少女に戻り、瞳からは血の涙が流れていた。

「シャドウゥゥゥゥウウウウウウウウウウ……!」

少女は泣いていた。

泣きながら、人と化け物が混ざった姿で、触手と右腕を操る。

その動きは次第に、化け物の豪快さから、人の俊敏《しゅんびん》さへと移っていく。

そして、少女の白い肌から闘技場を埋め尽くすほどの触手が生えた。

「シャ……ドウゥ……!!」

苦しそうに呻《うめ》く。

触手が生えた場所からは、痛々しい血が流れている。
彼女は数多の触手を操り、ついにシャドウの四肢を拘束した。
彼女は右腕を振り下ろす。
しかしシャドウは触手を引き千切り、ミリアの右腕を斬り払った。
切断された化け物の腕が宙を舞った。
その右腕はついに人の姿には戻らなかった。
しかし彼女には人間の左腕が残っていた。
その左腕には短剣が握られていた。
どこに隠し持っていたのだろうか。
これまで彼女は右腕しか振ってこなかった。その左腕は常に、何かを抱えていた。
大切そうに短剣を握っていた。
「シャドゥゥゥゥゥゥウウウウウウウウウウウウウウウウウウ‼」
短剣がシャドウの心臓を貫こうと突かれた。
「……見事だ」
シャドウが言った。
それと同時に、青紫の魔力の奔流がミリアを包んだ。
彼女の短剣はシャドウの心臓の寸前で止まっていた。

「あ……ぁ……」

ミリアの瞳には理性の光が戻っていた。

触手が消えていく。

カラン、と短剣が床に落ちた。

それは赤い宝石の入った短剣。

その柄には『最愛の娘ミリアへ』と刻まれていた。

「パ……パパ……」

彼女はそう呟いて倒れた。

短剣を止めたのはシャドウか、それとも彼女自身か。

シャドウは気絶したミリアを抱き起こすと、腕を振る。

すると、シャドウの周りに漆黒のボディスーツに身を包んだ女性たちが現れた。

どこに潜んでいたのだろうか、全く気づけなかった。

彼女たちは跪《ひざまず》き主《あるじ》の命令を待っている。

「……後始末を」

そう言って、シャドウはミリアを集団のリーダーらしき人物に預けると、そのまま姿を消した。

彼女たちはシャドウが立ち去ったのを確認すると散開し仕事を始めた。

リーダーはミリアと、その右腕と短剣を回収すると、クリスティーナたちが潜んでいる方を見た。

そして、顎《あご》をクイッと出口の方へ動かす。

見逃してやるから出ていけ。その顔は、そう語っていた。

「バ、バレているわね……」

アレクシアが冷や汗を流して言った。

「はわわわ……」

カナデがめっちゃビビっていた。

「どうしますか？」

クリスティーナが聞いた。

「一旦、立ち去ったふりをしましょう。大丈夫、どうせすぐいなくなるわ」

アレクシアはため息を吐《つ》いて隠し通路から出ていく。

カナデも慌てて後に続き、クリスティーナは一度だけ背後を振り返った。

「これが、あなたの選択ですか……」

血濡れの道を歩むと言った彼は、しかしあの化け物を救ってみせた。

かつてクリスティーナを危機から救ったように、使命の途中で多くの者を救うのだろう。

クリスティーナには、その血濡れの道が輝いているように見えた。

王都を震撼《しんかん》させたジャック・ザ・リッパーは、十三の夜剣を斬殺し姿を消した。

その正体はいくつもの憶測《おくそく》を呼び、ベガルタの暗殺者やら、怨霊となって蘇った伝説の魔剣士やら、根も葉もない噂が広がった。

ジャック・ザ・リッパーの正体はシャドウであると断言する声もあったが、騎士団がそれを否定した。

結局、ジャック・ザ・リッパーは正体不明のまま。

多くの騎士と魔剣士が防御を固める中で、十三の夜剣の七人を斬殺したあの夜は伝説となっており、その常識外れの強さからやはり怨霊とか悪魔の類《たぐ》いではないかとの予想が主流である。

きっと百年後ぐらいに映画化されて『ジャック・ザ・リッパーと驚愕の正体!?』とか全世界に配信されるんだろうなぁ。

何はともあれ、パーフェクトである。

僕の目的は達成された。

ジャック・ザ・リッパーは伝説となり歴史に刻まれたのだ。

「何かいいことでもあったのかい？」

僕の対面に座る男がそう言った。確か騎士団捜査課課長のグレイだったかな。

今は事件の参考人として取調室で事情聴取の最中である。

「騎士団にあなたのような優秀な方がいれば、ジャック・ザ・リッパーはすぐに逮捕される。そう思ったんです」

僕は心にもないことを言った。

「もちろんその通りである。君は若いのになかなか見所があるね」

グレイは満足そうに何度も頷いた。

「それで、最後にもう一度確認するが君はホワイト邸に入っていないのだね？」

「はい、もちろん、不法侵入だし怖くて付いいて行けませんでした……」

「アレクシア王女にも困ったものだ。勝手にホワイト邸に侵入するなどと、これでは証言の信憑《ぴょう》性も疑われる」

「あ、あの、ジャック・ザ・リッパーの正体がシャドウっていう噂は……？」

「ああ、そんなものはデマに決まっている。シャドウは王都で好き勝手暴れているからね。また騎士団がシャドウに出し抜かれたぞ、と中傷したいだけさ」

「で、でもアレクシア王女が見たって……」

「暗かったたし見間違えたのだろう。彼女たち以外に目撃者はいないし、アレクシア王女も注目されたいお年頃だからね」

「そうなんですか……」

「そうなのだよ。さて、そろそろ時間だ。色々と協力してもらって悪かったね。君への事情聴取はこれで最後になると思う」

「あ、ありがとうございました」

「それじゃ、元気でね」

僕はグレイに一礼すると、窓一つない取調室から退出した。

あの人、推理力はポンコツだが魔剣士としての実力は悪くない。捜査よりも現場で剣を振った方がいいのではないのかと僕は思った。

さて、次に事情聴取されるのはカナデかな。彼女も僕と一緒に呼ばれていたのだ。

僕は待合室に向かって廊下を歩く。

その途中、ふと気になる男とすれ違った。

「ん?」

立ち止まって、すれ違った男を見る。

「何か?」

男も立ち止まって、僕を見た。

糸のような目をした長身の男だ。物腰は柔らかく微笑《ほほえ》みを浮かべている。

「いや、何でもないです」

「そうか、君は……いや、なんでもない」

彼は何かを言いかけて途中でやめた。

そして微笑みを浮かべたまま歩いていく。

僕も歩き出す。背後に彼の気配を感じながら。

そして彼は、グレイの取調室に入っていった。

「割と強そうな人だったな」

僕は小さく呟いた。


彼は取調室に入るとグレイの前の席に座った。

「い、いらしたのですね！」

グレイは慌てて礼をした。

「君は遅いな」

彼はため息を吐いて言った。

「遅いとは？」

「私に気づくのが遅い」

「す、すみません、あなたが気配を消したら、私では目の前に来るまで気づけないので……」

「さっきの少年は気づいたよ」

「少年……シド・カゲノーのことですか」

「名前は知らない。そこですれ違った黒髪の少年だ」

「彼はあまり成績のよくない魔剣士です……偶然では？」

「そうかもしれない。偶然とは、いつどこにでも起こり得る」

そう言って、彼は微笑んだ。

彼にとってこれはただの雑談であり、少年のことも翌日には忘れているだろう。その程度のことだった。

「十三の夜剣が壊滅したのは痛いね」

「は、申し訳ありません。我々の方でも動いていたのですが、ミドガル王国では自由に動かせる戦力が足りず……」

「仕方ないさ。愚かなフェンリルのせいでミドガル王国への影響力は低下していた。その隙を、シャドウガーデンは見逃さなかった」

「……計画への影響は？」

「問題ない。『陰を狩る顎《あぎと》』は必ず成功させる」

「シャドウの実力は想定以上です。報告によれば実験体227番ミリアが一方的に敗北し……」

「想定の範囲内だよ。全てね」

彼はそう言って嗤《わら》った。

「十三の夜剣が壊滅したせいで、ミドガル王国で動かせる手駒が減った。君にも動いてもらうかもしれないから、準備だけはしておいてくれ」

「かしこまりました、ロキ様」

「……頼んだよ」

彼は姿を消した。

窓一つない取調室には、グレイだけが残っていた。

Not a hero, not an arch enemy,
but the existence intervenes in a story and shows off his power.
I had admired the one like that, what is more,
and hoped to be.
Like a hero everyone wished to be in childhood,
"The Eminence in Shadow" was the one for me.
That's all about it.

The Eminence in Shadow

I can't remember the moment anymore.
Yet, I had desired to become "The Eminence in Shadow"
ever since I could remember.
An anime, manga, or movie? No, whatever's fine.
If I could become a man behind the scene,
I didn't care what type I would be.
Not a hero, not an arch enemy,

付章

引き継がれる怪物！

The Eminence in Shadow
Volume Six
Supplement

The Eminence in Shadow

SUPPLEMENT

エライザにとって、悪夢のような一週間だった。

十三の夜剣が次々と斬殺され、ついには彼女の父まで帰らぬ人となった。ダクアイカン家の資産は捜査という名目で次々と接収され、ついには屋敷からも追い出された。

日を追うごとにエライザ・ダクアイカンの周りから人と金が離れていっているのを、彼女は肌で感じていた。

「ふざけるんじゃないわよぉ!!」

エライザは仮宿で叫んだ。

飲みかけのグラスを壁に叩《たた》きつけ、憤怒の顔で睨《にら》む。

「今までさんざん媚《こ》びへつらってきたくせにぃ……!」

なぜ自分がこんな目に遭わねばならないのか。このままでは裁判も敗訴するだろう。既に多くの貴族がダクアイカン家から離れた。

「まだよ、まだ終わらないわぁ……」

しかし全《すべ》ての貴族が離れたわけではない。

夜剣の家とは一蓮托生《いちれんたくしょう》だ。彼らとの絆《きずな》は切っても切れるものではない。彼らの家も当主を失い、捜査の手が入り、大変な時期だ。しかしだからこそ団結できるというもの。

「夜剣の次世代の当主を集めるわぁ……このままじゃ終わらない、絶対にぃ!!」

大丈夫だ、騎士団の弱みも、裁判官の弱みも握っている。

次世代の夜剣が団結し圧力をかければ、形勢は簡単に逆転する。エライザはそう信じていた。

「十三の夜剣を集め会議を開くわぁ!　人を集めなさぁい!!」

エライザは隣室に待機しているはずの配下に声をかける。

しかし、いつまで経《た》っても人は現れなかった。

「誰かぁ!　誰かいないのぉ?」

彼女は怪訝《けげん》な顔で隣室の扉を開けた。

そこには、誰もいなかった。

窓だけが大きく開いており、夜の冷たい空気が流れ込んでいる。

「トイレにでも行ったのかしらぁ……後でお仕置きねぇ」

彼女は残酷な笑みを浮かべてそう言った。

その時、背後でペチャッと奇妙な足音が響いた。

「いるじゃなぁい、どこへ行って……」

振り返ったエライザの声が止まった。

そこにいたのは血濡れのピエロ。

「あ、あぁ……ジャ……ジャック・ザ・リッパー……ッ」

呆然《ぼうぜん》と、エライザは後退《あとずさ》る。

ピチャッ、と血濡れのピエロが距離を詰める。

「ひぃッ……く、来るなぁ！」

彼女は近くにあったものを手あたり次第に投げる。

しかし、そんなもので血濡れのピエロが止まるはずもなく、エライザは壁際に追い詰められた。

「わ、悪かったわぁ……謝るからぁ、あなたの要求はなぁに？」

エライザは引き攣《つ》った笑みで媚びる。

「ねぇ、要求は何なのぉ？　何でも聞いてあげるからぁ……」

上目づかいで、甘ったるい声を出す。

薄手のネグリジェをさりげなくはだけて、白い肌を見せつける。

ジャック・ザ・リッパーはじっと彼女を見ている。

その反応を見て、エライザはさらにネグリジェをはだけていった。

「うふふ……」

白い胸元へと視線が落ちる。

そこに、ナイフが突き刺さった。

「あ……ッ」

真っ白な肌から、赤い血が滴《したた》り落ちる。

「アァァァァァァァァアアアアアア!! よくもやってくれたわねぇッ!!」

エライザは渾身《こんしん》の力でジャック・ザ・リッパーを殴ると、そのまま床に倒れて胸の傷を押さえる。

「よくも、よくもぉぉぉ……ッ」


ゴホッ、と血を吐きながら彼女は怨嗟《えんさ》の視線でジャック・ザ・リッパーを睨《にら》んだ。

そして、エライザは息を呑《の》んだ。

「あ、あなた……なぜ」

ジャック・ザ・リッパーの仮面が外れていた。

エライザが殴った際に取れたのだろう。その仮面は近くの床に落ちている。

「どうして、あなたが……!」

ジャック・ザ・リッパーの顔はエライザも知っている生徒だった。

「どうして、クリスティーナがッ!!」

そこにいたのはクリスティーナ・ホープ。

彼女は冷酷な眼差しで、エライザを見下ろしていた。

「ゴホッ……ま、まさかあなたが、ジャック・ザ・リッパーだったなんて……」

驚愕《きょうがく》の表情で、エライザが言った。

彼女の胸から滴った血が床に広がり、仮面を飲み込んでいく。

「違うわ」

彼女は仮面を拾い上げ言った。

「違うって、どういうことよぉ……」

「私は彼の後を継いだだけ」

「後を、継いだ……？」

「そう。彼は私の前に姿を現した。その意味がようやくわかったのよ」

「はぁ……」

「彼はその使命を、血濡れの道を、私に見せたの」

「何を、言っているのぉ……」

「この国は腐っている。正義の刃《やいば》は役に立たない。悪を断つには、さらなる悪が必要だと。私にその覚悟があるか、彼は私に問うた」

そして、クリスティーナは歪《ゆが》んだ笑みを浮かべてピエロの仮面を着けた。

「それは、私の待ち望んだことだった」

そう言って、彼女はエライザの胸に刺さったナイフを掴《つか》んだ。

「や、止《や》め……ッ」

それが、エライザの断末魔となった。

クリスティーナはナイフを捻《ひね》ってねじ込むと、一気に引き抜いたのだ。

大量の血飛沫《しぶき》が舞った。

「ゴボッ……ゴッ……」

冷たくなっていくエライザを見下ろして、クリスティーナは一枚のトランプを取り出した。

彼女はそれを、エライザの胸の傷にねじ込んでいく。

「我が名はジャック・ザ・リッパー……悪の刃で、悪を断つ者……」

トランプの絵柄は、ジョーカーだった。

閑話

草原の誓い

The Eminence in Shadow
Volume Six
Quiet talk

デルタはご機嫌だった。

今日はシャドウと大量の盗賊を狩ったのだ。

力こそパワー。

強さこそ正義。

狩りは生きる糧《かて》を得ると同時に、己の力を誇示《こじ》する場所でもある。

「ボス!!　今日のデルタの狩りはどうだったのです⁉」

「あーうん、よかったんじゃない」

漆黒《しっこく》のロングコートを纏《まと》ったシャドウは、盗賊の死体から財布を回収しながら言った。

「やったのです!!　ボスに認めてもらえたのです！」

デルタにとってシャドウとの狩りは最高の舞台。

己より上位の存在に認めてもらえることは獣人にとって誉《ほまれ》であり、群れでの立場を強くするために必要なことだった。

それが獣人の価値観なのだ。

「あ、この死体どうする?」

シャドウが指したのは、獣人の死体だった。

「誰なのです?」

「デルタの兄さん。もう忘れたの?」

デルタは首を傾《かし》げて思い出す。

そういえば、何か不快なことを話してきた雑魚《ざこ》がいたような気がする。

「一応、埋葬とかしとく? 獣人のやり方とか知らないけど」

「いらないのです!」

「そ、ならいいけど」

そう言って、シャドウは再び財布漁《あさ》りを始めた。

「むー」

獣人の死体を見ていると、デルタはなぜか不快なことを思い出してしまった。

それはずっと昔、彼女がサラと呼ばれていた頃の記憶。

「どうしたの?」

「なんでもないのです‼」

せっかくご機嫌だったのに。

デルタはシャドウの背中に飛びついてマーキングを始めた。

「ちょ、離れて！」

「嫌なのです！」

「待て！　犬臭くなる！」

「臭くないのです！」

シャドウの匂いを纏うことで、昔の記憶が少しずつ薄れていく。デルタには、そんな気がした。


暗く狭い小屋の中。

「サラ……起きていますか？」

母が自分を呼ぶ声を聞いて、サラは跳び起きた。

「サラはここにいる！」

小屋の奥には母が病で伏せていた。

「ゴホッ……お水を、汲《く》んできてください」

母は辛《つら》そうに咳《せ》き込みながら言った。

「わかった！　汲んでくる‼」

デルタは母のために小屋を出て水場まで急いだ。

外は朝日が眩《まぶ》しく、地平線まで草原が続いている。水場に辿《たど》り着く頃には、デルタの足は朝露で濡れていた。

水場には澄んだ水が輝いていた。

サラはしゃがんで水を汲もうとしてふと気づいた。

「しまった！　水桶《みずおけ》忘れた！」

彼女は取りに戻ろうと駆け出した。

その時、彼女の足を誰かが払った。

「キャン⁉」

サラは地面に転がった。

「おいアホのサラ、急に転がってどうしたんだ⁉」

「ハハハ、また水桶を忘れたのか？」

そこにいたのは、サラより少し年上の二人の少年。

「ラル兄と、レン兄……」

サラの耳がペタッと折れた。

「お前は本当に役立たずだな。家事もできないのか」

「狩りをやらないくせにこれじゃ、何のために生きてるかわからねぇな」

「だ、誰かが母さんの世話しないと……！　だからサラは狩りに行けない！」

「口答えするんじゃねぇよ‼」

ラルの拳《こぶし》がサラの頬を殴った。

幼いとはいえ、獣人の拳だ。サラは草原の上を何度もバウンドした。

「う……ぅ……」

サラの唇の端から血が滲《にじ》む。

ゆっくりと起き上がると、二人の兄は意外そうな顔をした。

「あれ、本気で殴ったんだけどな」

「変な所に当たったんじゃねぇのか？」

そう言いながら、二人はサラの前まで歩いてきた。

「おいサラ、よく聞け。あの女の世話をしても無駄だ。もう狩りもできない。子供もたった三人しか生んでないのにこれじゃ、期待外れだ」

「あいつは群れのお荷物なんだよ。だから親父も見捨てたんだ」

「どうして……どうしてそんなに酷《ひど》いこと言う！　ラル兄と、レン兄と、サラの、たった一人の母さんなのに！」

サラは震えながらも、歯を食いしばって言った。

「……お前は本当にアホだな」

返ってきたのは冷たい言葉だった。

「弱い奴《やつ》に価値はない。群れの掟《おきて》だろ？」

「弱いから……？　群れの掟……？」

「そんなことも忘れたのか。こんなのが妹だったとは」

「だって、母さんなのに……」

「もう、俺たちの母じゃねぇよ」

「え……？」

「あれ、言ってなかったか。俺たちは実力を認められて、群れのナンバー3の家に養子になったんだ」

「そうそう。今はピット家のラル様と、ピット家のレン様だ」

「そんな……だって母さんは……」

「あんな弱い女、知らねーよ」

「次に会った時、気安く兄と呼んだらぶっ殺すからな。覚えとけよ」

二人は嘲笑《あざわら》いながら去っていった。

しばらく呆然《ぼうぜん》と、サラは立ち竦《すく》んだ。

「そうだ……水桶……」

涙を拭いて、サラはトボトボと小屋に戻った。


サラは笑顔で小屋の戸を開けた。

「母さん！　水桶忘れた！」

「全く、あなたって子は……」

母は優しい笑顔で待っていた。

「てへへ……！」

「ほら、そこにありますよ」

「うん！」

サラは小屋の奥にあった水桶を持った。

「サラ……その顔、どうしたんですか？」

「え？」

サラの頬は、殴られて赤く腫《は》れていた。

「こ……転んだ！　てへへ！」

母は誤魔化すように笑うサラの顔をじっと見つめる。

「……ラルとレンにやられたのですか？」

「う……違う！」

「そうなのですね。全く、あの二人は……」

「違う！　違うのに……！」

「あなたは優しい子ですね。こっちへおいで、サラ」

尻尾を垂れたサラが母の寝床に向かうと、母は笑って彼女の頭を撫《な》でた。

「うぅ……母さんは頭がいい。サラの嘘《うそ》、全部バレる」

「サラの嘘はわかりやすいのですよ」

「サラは頭が悪い。アホのサラって、バカにされる。どうすれば母さんみたいに頭よくなる？」

「うーん、難しいですね。サラは父親似だから……」

「サラは母さんに似たかった」

「そんなこと言ってはいけません。外では、絶対にね」

厳しい声で母は言った。

「……うん」

「いい子ね、サラ」

母は優しくサラの頭を撫でた。

「そうだ。サラはもう少し丁寧に話した方がいいかもしれません」

「丁寧に？」

「そうよ。丁寧に話せば頭がよく見える……かもしれません」

「サラも頭がよくなる⁉」

「頭がよく見える……かもしれないわ」

「わかった！　どうやって話せばいい⁉」

「だから、丁寧に……そうね、語尾に『です』をつけるとか」

「こうです⁉」

「え、えっと、ちょっと違……」

「こうなのです⁉」

「そ、そうね……それでいいわ」

「これで頭がよく見えるのです⁉」

「うーん……前よりは……どうだろう」

「これからサラは母さんみたいに丁寧に話すのです‼」

「こっちへおいで、サラ」

そう言って、母はサラの顔を抱きしめた。

「あなたはかわいい子。かわいいかわいい、私の子です」

「母さん……？」

「私のせいで、あなたに辛《つら》い思いをさせたくないのです」

「サラは辛くないのです！」

母は首を振って赤く腫れたサラの頬に触れた。その指は、酷《ひど》く痩《や》せ細っていた。

「サラ……落ち着いて聞いて。養子に行きませんか？」

「よ、養子……？」

「もうドーベル家に話は通してあります。サラは女の子だから、ラルやレンのようにピット家には入れなかったけれど。ドーベル家も十分に大きな家ですよ」

「え……ラル兄とレン兄も母さんが……？」

「内緒ですよ。私が話を通したと知ったら、あの子たちは傷つくでしょうから」

「どうして……」

「ピット家やドーベル家には貸しがあるんですよ。母さんね、昔は凄《すご》かったんだから」

そう言って、母は誇らしげに微笑《ほほえ》んだ。

「違うのです！　どうして……どうして家族なのに！　みんな一緒なのに!!」

「サラ……」

「ラル兄も、レン兄も、酷いのです!!　母さんに酷いこと言って!!　母さんはお病気で辛いのに家に帰ってこないのです!!」

サラは涙声で叫んだ。

「サラ、聞いてください。これは仕方がないのです」

「仕方なくないのです!!」

「群れの掟ですから。私はもう狩りにも出られません。それに、ラルとレンとサラはまだ子供。狩りに出ても足手まといにしかなりません」

「父さんは……？」

「あの人は群れの長《おさ》ですから。他にも沢山、面倒を見ないといけない家があります。私が子を産めたなら援助してくれたでしょう。ですが、私はもう子を産めませんから……だからこの家は、獲物を狩ってこられる人がいないのです。今は他の家から恵んでもらっていますが、それをいつまでも続けるわけにはいきません」

「サラは……サラは母さんの子なのです」

「いつまでもサラは私の子よ。でも……考えておいて」

「嫌なのです……」

「サラ……」

サラはギュッと母に抱き着いた。

「サラは母さんの子なのです。ラル兄も、レン兄も、酷いのです」

「ありがとう、サラ。でも、ラルやレンを悪く言わないで」

「どうして……」

「あの子たちも、かわいい私の子だから」

「サラよりもかわいい子なのです？」

「いいえ、サラが一番よ」

母は小さく笑った。

「やったのです！」

「ラルやレンはまだ幼く、群れでの立場がない。弱い私が親であることは、あの子たちにとって恥なのです」

「だから、母さんを悪く言うのです……？」

「あの子たちも、必死なんですよ。それに、あの子たちはもう私より強いから……」

「強ければいいのですか？」

「それが、群れの掟よ」

「そうなのですか……」

「だからお願い、サラ。ラルやレンを悪く言わないで。みんな仲良く元気でいてくれることが、私にとって一番の幸せです」

「みんな仲良く……わかったのです」

「そうよ。いい子ね、サラ」

そう言って、母は痩せ細った指でサラの涙を拭いた。

「母さん……どうすればいいのです？」

「どうすれば？」

「どうすれば、前みたいに暮らせるのです」

「それは……」

「どうすれば、バカにされないようになるのです？　どうすれば、母さんが辛い思いをしなくていいのです？」

「サラ……ごめんね」

「どうして、謝るのです？」

「それは……母さんにもわかりません。でも、ラルやレンやサラが大きくなって、自分の手で獲物を狩ってこられるようになれば」

「獲物を狩れるようになればいいのです？」

「そうね。それから、うーんと強くなれば」

「強くなればいいのですね。そしたら、ラル兄とレン兄も戻って来るのです？」

「それは……戻って来るといいわね……」

その声は小さかった。

「母さんのお病気も治るのです？」

「そうね……治るかもしれないですね」

そう言って、母は悲しそうに微笑んだ。

「わかったのです！　サラは強くなって、獲物を狩ってこられるようになるのです！」

「焦っちゃダメですよ、サラ。大きくなったら……ゴホッ……ゲホッ」

「母さん⁉」

「だ、大丈夫よ……！」

咳き込んだ母の背を、サラは必死で擦《さす》った。

肋骨《ろっこつ》の浮き出た背中は、サラの心を焦らせた。

「早くしないと……」

「……サラ？」

「な、何でもないのです！　もう大丈夫なのです？」

「ええ、もう大丈夫ですよ。ありがとう」

「よかったのです！　それじゃ、サラはもう行くのです」

サラは踵《きびす》を返して駆け出した。

「待ちなさい、サラ！」

母は小屋を出るサラを呼び止める。

「な、何なのです？」

「……どこへ行くつもりなの？」

問われたサラは耳を伏せて俯《うつむ》いた。

「……み、水を汲みに行くのです」

「水桶を忘れているわよ」

「う……うっかりなのです！」

サラは慌てて水桶を持った。

「そ、それじゃ、水を汲んでくるのです」

「行ってらっしゃい、サラ」

母は心配そうに、サラの背中を見送った。

――夜。

母が寝るのを待って、サラは小屋からこっそり抜け出した。

地平線まで続くはずの草原は、ただ暗く墨で塗り潰されたようだった。

それでも、サラの目には遥《はる》か先まで見通すことができる。

「あっちに、いるのです」

鼻をスンスンと鳴らす。

「あっちにも」

耳をピコピコと動かす。

「あっちにも。沢山いるのです」

目も、鼻も、耳も。

サラは家族で誰よりも鋭かった。

「獲物を狩れるようになればいいのです」

しかし、サラはまだ幼く狩りに連れていってもらえない。特に女は、男よりずっと後に狩りに出るのが通例だった。

だが、それでは間に合わない。

サラは暗い草原に足を踏み出した。

その足は震えている。

二人の兄に殴られた時よりずっと、怖かった。

兄たちは既に狩りの訓練を受けているが、サラは訓練さえまだ受けていない。

狩りの知識なんて何一つなかった。

「強くなるのです……」

サラは震える足で草原を進んだ。

しばらく進むと立ち止まり、目と鼻と耳で周囲を探る。

そしてまたしばらく進み、周囲を探る。

それを繰り返して、サラは群れの集落よりずっと遠くまで進んだ。

すぐ近くを魔物の群れが通っても、サラは息を潜《ひそ》めてやり過ごした。

「かくれんぼは、得意なのです」

群れの子供たちは、誰一人としてサラを見つけられなかった。大人たちでもサラを見つけるのは難しかった。

その技術は、魔物にも通用した。

足の震えは止まっていた。

この草原で自分を見つけられる存在はいない。その自信が、彼女に余裕を与えた。

「沢山いるのはダメなのです」

目と鼻と耳で、獲物を選別する。

目を凝《こ》らせば暗闇の遥か先まで見通せる。鼻を鳴らせば風が微《かす》かな匂いを運んでくる。耳をすませば足音や息遣いまで届いてくる。

その全てを、彼女は理解した。

なぜか理解できた。

「あれなのです」

それは、草に潜む一匹の大豹《ひょう》。

草原の強者であり、リスクが高く普通はまず狙わない。

しかしサラにはわかった。

あの豹は弱っている、弱者だと。

風下からゆっくりと近づいていく。

近づくにつれて、死臭が濃く漂ってくる。やはり、間違いない。

こいつは――母と同じ匂いがする。

その瞬間、サラの集中が途切れた。

自分が今、何を考えていたのか。理解して、彼女は愕然《がくぜん》とした。

「ち……違うのです！」

何も違わない。

母の死と大豹の死を重ねて、弱者だと見下したのだ。

「違うのです‼」

我を忘れて、彼女は叫んだ。

「グルルるるるる――」

気が付くと、目の前に大豹がいた。

「あぁ……」

鋭い牙と、大きく開いた顎《あご》が、サラに迫っていた。

「あぁぁぁ……」

サラは思った。

――なんて、弱いんだろう。

気が付くと、サラは夜明け前の草原に立っていた。
朝日が遠くの空を染めていた。
足元には、息絶えた大豹が倒れていた。
「あぁ……」
サラは泣いていた。
全身を血で濡らし、小さな声で泣いていた。
彼女の体には傷一つない。
これは、全て返り血だ。
「あぁぁぁぁ……」
彼女は理解した。
理解してしまったのだ。
この草原で、弱いということがどれほど罪なのかを……。

サラは息絶えた大豹をこっそり小屋へと持ち帰った。

誰にも見つからないように、そっと小屋の前に置いて、静かに母の寝床へと忍び込んだ。

母はまだ寝ていた。

母の温もりがサラは大好きだった。

サラは大豹を狩ったことを秘密にすることにした。

群れの掟でサラはまだ狩りに出てはいけない年齢だったし、母にも心配させたくなかった。

しかし、本当の理由は他にある。

サラは理解してしまったのだ。

この草原で、弱いということの罪を。

弱ければ奪われる、弱ければ虐《しいた》げられる、弱ければ死ぬ……。

「母さんは弱くないのです……」

ただ母より強くなることが恐かった。

母より弱い者でいれば、ずっと母の温もりに包まれていられるような気がした。

そして、彼女はすぐに眠りに落ちていった。

母の慌てた声が聞こえて、サラは目を覚ました。

「あらあら……こんな大物、私じゃ捌《さば》けないわ……」

「母さん、どうしたのです……？」

サラは目をこすりながら、母に近づいた。

「起きたら小屋の前に大豹が置いてあったのですよ」

「す、すごいのです、大物なのです～」

わざとらしくならないように、サラは驚いてみせた。

きっと上手にできたはずだ。

「誰かが下さったのでしょう……サラは何か知らないかしら？」

「し、知らないのです！」

「そう、困ったわね……ゴホッ」

柱を支えに立っていた母が急に咳き込んだ。

「大丈夫なのです⁉」

「え、ええ、大丈夫よ」

「母さん、床に戻るのです。大丈夫、大豹はサラが捌くのです！　いっぱい肉を食べて、母さんのお病気も治るのです‼」

サラは母を支えて床に寝かせた。

「ありがとうサラ……でもあなた本当に捌けるの？」

「う……頑張るから大丈夫なのです！　母さんは休んでいるのです！」

そう言って、サラは大豹とナイフを持って水場に向かった。


とはいえ、彼女は獲物を捌いたことがなかった。

母の処理を見ていたことはあるが、あいにくと物覚えがいい方ではなく、手際はほとんど覚えていなかった。

「えっと……うーん」

とりあえず、水場で獲物を冷やした。

ここから血を抜きながら内臓を処理していくはずだったが、ナイフを持ったサラの手は止まっている。

「上から……いや、下からなのです？」

ナイフを入れる手順がわからない。

どこまで入れれば内臓を傷つけるかもわからない。腸や膀胱《ぼうこう》を傷つければ肉を傷めてしまう。

その時、背後から近づいてくる気配を感じた。

大豹を仕留めた昨夜から、感覚が研《と》ぎ澄まされていた。

サラは咄嗟《とっさ》に体を横にずらす。

直後、サラのいた場所を拳ほどの大きさの石が通り過ぎていった。

「チッ、外したか……！」

「何やってんだよラル兄！」

「うっせーな、ちょっと手元が狂っただけだ！　よぉサラ！　アホ面して何してんだ？」

近づいてきたのは二人の獣人。

「ラル兄と、レン兄……」

サラの耳がペタッと折れた。

「って、おいおい、大豹じゃねぇか！」

「すっげぇ、初めて見たぜ！　誰の獲物だ？」

二人は無遠慮に大豹に触れる。

「あ……それは、母さんとサラの獲物、なのです……！」

「はぁ？　これがお前とあの役立たずの獲物ってか？」

「バカ言え！　大豹なんてピット家でも家長しか仕留められねぇんだぞ！」

「あ……う、誰かがサラの家に届けてくれたのです……」

「はぁ？　家間違えたんだろ」

「誰がお前らの家なんかに大豹を届けるかよ」

「で、でも、本当なのです！」

「ふーん、まぁどうでもいいわ」

二人はサラを無視して大豹を引き上げた。

「こいつはお前ら役立たずには相応《ふさわ》しくない獲物だ！　よって俺たちが没収する‼」

「役立たずの家で消費するより、ピット家だけで分け合った方がいいからな！　これが群れの掟だ！」

「そんな、酷いのです……！」

「何だサラ、文句あるのか？　俺たちはピット家の家族だぞ」

「強い家に逆らったらどうなるか教えてやってもいいんだぞ？」

大豹を取り返そうとしたサラを、ラルとレンは睨みつけた。

「う……強ければ何してもいいのですか……」

サラは耳を伏せて、尻尾を股の間に挟み、大豹を持ち去ろうとする二人に道を譲った。

「てかお前、何だその喋《しゃべ》り方」

「なのです、って。アホかよ」

「これは……母さんがこうすれば賢く見えるって教えてくれたのです」

ギュッとサラは拳を握った。

「ギャハハ、なのです、で賢く見えるって⁉　んなわけねーだろ！」

「あの役立たずが考えそうなことだな！　母娘揃《そろ》ってアホだ！」

「母さんを、馬鹿にするななのです……ッ」

喉の奥で、唸《うな》るようにサラは言った。

その声は小さく二人には聞こえていなかった。しかしそれは二人にとって幸運なことだった。

もし聞こえていれば、彼女はもう後戻りできなかっただろうから。

「何か言ったか、サラ？」

「おい、何だてめぇ、その目は」

二人はそう言って、サラを殴り飛ばした。

サラは抵抗せずに草原に転がった。

「チッ、気味が悪いガキだな」

「俺たちはもうピット家の人間だからな。あんなアホと一緒にされたらたまらねーぜ」

二人は文句を言いながら去っていった。

サラは草原の青空を見上げていた。

二人に殴られた怪我《けが》は全く痛まなかった。百発殴られても大丈夫だと、サラは思った。

ただ、心が痛かった。

「母さんが言ったのです……だからサラは賢く見えるのです……」

ギリリッと、歯を食いしばった。

「母さんは家族はみんな仲良くって、言ったのです……だからみんな、仲良くするのです」

きつく拳を握りしめて、自分に言い聞かせるように彼女は言った。

大豹は奪われた。

でもそれはいい。だってまた狩ればいいのだから。

「大丈夫なのです。だって、サラは狩りが得意なのですから」

ニッといつもの笑顔で、母が待つ家へと帰っていった。

その日から、サラは時々こっそり出かけて草原で獲物を狩った。

目立たないように、母でも捌けるように、小さな獲物を狩った。

時々兄たちに獲物を奪われたけれど、どうでもよかった。なぜならサラはもう、いつでも獲物を狩れるようになっていたのだから。

母に教わりながら、サラも獲物の捌き方を覚えていった。

彼女はへたっぴだったけれど、それでも頑張って覚えた。

母はすぐに、小さな獲物を捌く力すら失っていったから。

そして、母の死の匂いが濃くなった。もうすぐ彼女の命が尽きることを、サラは本能で感じた。

「母さん……」

床に臥《ふ》せた母の、枯れ枝のような腕をサラは握った。

「サラ……あなたは、優しい子ね……」

母はかすれた声でそう言った。

「母さん……嫌なのです、母さんとサラはずっとずっと、一緒なのです」

「サラ……あなたは一番優しい子よ。私は、あなたを産んだことを誇りに思います……」

「う……ぅぅ……」

サラは涙を流し母の胸に顔を埋めた。

「本当に、本当に、優しい子」

「お肉沢山食べたのに、母さんのお病気、治らなかったのですぅ」

「いいの。これが母さんの寿命なのですから。いつもありがとう、サラ……」

そう言って、母はサラの髪を撫でた。

サラはじっと母の温もりを感じた。そうして二人はしばらく、同じ時を過ごした。

母の呼吸が浅くなっていく。

そして、最期に苦しそうに息を吸って、彼女は言った。

「サラのお肉、美味《おい》しかったわ……ありがとう」

そして彼女は息を引き取った。

サラは母の胸で一晩中泣いて、そして翌朝には草原に葬った。

誰にも知られないように。

サラと、母だけのお墓を作った。

「よぉサラ、泥だらけでどうしたんだ?」

「ギャハハ、こいつ泣いてやがるぜ!」

母を葬った帰り道、ラルとレンが行く手を塞いだ。

「……母さんが、死んだのです」

サラは俯いてそう言った。

「……そうか、やっと死んだか!」

「弱ければ死ぬ! それが草原の掟だ!」

二人は晴れやかに笑った。

「母さんをバカにするな」

一瞬の出来事だった。

「あ……?」

レンの胸をサラの手刀が貫いていた。

「ゴボッ……どうじで……ッ」

血を吐き倒れるレンを、サラはゴミでも見るような目つきで見下ろした。

「母さんはもう笑わない……もう悲しまない……だからもう、我慢しなくていいのです」

そう吐き捨てて、レンを踏みつけた。

ボキ、ゴキ、と骨が折れ内臓が砕ける音がした。

「お、お、おおおおお、お前、何やってんだ！　よくもレンをッ!!」

「……弱いからいけないのです」

「な、何だと……！　こ、こんなことしたら親父が黙っちゃいないぞ！」

ラルが恐怖に引き攣《つ》った顔で後退《あとずさ》る。

「弱ければ奪われる、弱ければ虐げられる、弱ければ死ぬ……それが掟なのです」

数多《あまた》の獲物を狩ってきたサラは、草原の掟を深く理解していた。

「でも、強ければ許される。これも掟なのです」

そう言って、サラは無造作にラルの首を切り裂いた。

「あ、おま……ゴボッ」

「サラはこの草原の、誰より強くなるのです。そうすれば、きっと……」

返り血を浴びながら、彼女は微笑んだ。

その首元には小さな黒い痣《あざ》が浮かんでいた。

Not a hero, not an arch enemy,
but the existence intervenes in a story and shows off his power.
I had admired the one like that, what is more,
and hoped to be.
Like a hero everyone wished to be in childhood,
"The Eminence in Shadow" was the one for me.
That's all about it.

The Eminence in Shadow

I can't remember the moment anymore.
Yet, I had desired to become "The Eminence in Shadow"
ever since I could remember.
An anime, manga, or movie? No, whatever's fine.
If I could become a man behind the scene,
I didn't care what type I would be.
Not a hero, not an arch enemy,

シャドウガーデンにようこそ!

The Eminence in Shadow
Volume Six
Chapter Five

五章

真っ白な部屋で目を覚ました西野アカネは部屋の中を見渡した。

「どこかしら、ここ……」

幸いにも拘束されているわけではなかった。

彼女はベッドから降りると、素足が冷たい床に触れた。

アカネは白い薄手の病院着のようなものに着替えさせられていた。

「見たことがあるようで、ないような……」

床は大理石に似ているが、少し違う。

病院着も既視感のあるデザインだが、素材は化学繊維ではなくシルクに近い。

「海外かしら……でも、こんな文字見たことがないし」

部屋に点在する文字を目で追っていくがアカネの記憶に該当する言語は存在しない。

とりあえず、早急に現状を確認しなければ。

「おそらく研究施設の可能性が高いわね。だとすると、私の力を利用しようとする組織に連れ去られたと考えるのが自然か……でも、なぜ拘束しないのかしら」

アカネの力を知っていれば、必ず拘束するはずだ。

しかも今の彼女は記憶と本来の『はじまりの騎士』としての力を取り戻しているのだ。

あまりにお粗末な誘拐計画である。

「……舐《な》められたものね」

アカネは部屋の扉の前に立った。

扉の外に二人の気配。一応、警備の人間はいるようだ。

しかし今のアカネなら造作もなく制圧できるだろうが、相手が悪人と決まったわけではなかった。

可能性は低いが、善意で助けてくれた組織かもしれない。

「うーん」

しばらく悩んでいる間に、扉の前の気配が離れていくのを感じた。

「——好機」

アカネの決断は早かった。

後のことは後で考えればいいと言わんばかりに、彼女は全力で扉を殴った。

ガギンと、とんでもなく硬い音が響いた。

「い、いったーいッ⁉」

アカネは拳を押さえて蹲《うずくま》る。

彼女が殴った扉には傷一つなかった。

「な、なんでよ⁉　本気で魔力を込めたのに！」

見れば彼女の黒髪の一部が金色に変わっている。

「この扉いったい何でできてるの……？」

顔を上げてアカネは気づいた。

壁や扉に書かれていた文字が、薄《うっす》らと光り輝いていたのだ。

「この光は……魔力……？」

間違いなく魔力の流れを感じる。

「まさか、魔力を人から切り離して運用しているの？　そんなの不可能だって兄が……」

魔力の運用については世界中で多くの研究者が研究していた。

その中に当然、魔力を人の体から切り離して新たなエネルギーとして活用する研究も行われていたが全《すべ》て失敗していたはずだ。

「そんな、嘘《うそ》でしょ……」

もし実用化していたとすれば、アカネを拘束しなかったことも納得できる。

それだけの技術が、この組織には存在するのだ。

「ま、まだそうと決まったわけじゃないわ」

一発だけなら偶然かもしれない。

アカネは今度こそ全力で、拳に魔力を込め振り抜いた。

次の瞬間、唐突に扉が開いた。

「あ、ヤバッ」

拳は急に止まらない。

アカネの拳は扉の向こうにいた銀髪の美少女の顔面に向かった。

パシッと、軽い音が響きアカネの拳が止まった。

「え？」

呆然《ぼうぜん》と、アカネは瞬いた。

銀髪の美少女は、片手で平然とアカネの全力の拳を受け止めていたのだ。

見ているものが信じられなかった。

「扉、鍵かけてないデース。声かければいつでも出られマース」

片言の日本語でそう言った銀髪の美少女に、アカネは見覚えがあった。

「あ、あなた確かナツメさん……どうしてここに？」

彼女はミノルの妹で、兄の研究室にいたはずだった。

「大丈夫デース」

何が大丈夫かわからないが、彼女はそう言った。

「えっと……」

「座るデース」

促されるまま、アカネは室内にある椅子に座った。

とりあえず見知った人物が現れたので、話を聞いてみることにしたのだ。

「ナツメさん、言葉が喋《しゃべ》れたんですね。あなたは何者ですか？　ここはどこなんですか？」

話しかけられた銀髪の少女は、首を傾《かし》げて何かを考えた。

「そうです。私、ナツメ違うマス。ベータ、私、ベータ」

なんか微妙に通じていないな、とアカネは思った。

「えっと、ナツメさんじゃなくて、ベータが本当の名前ということですね？」

「私、あなた面倒見るデス、心配ないデス」

「はぁ……」

なんか心配だな、とアカネは思った。

「私、シャドウガーデンのベータ。あなた持ち帰った」

「シャドウガーデンという組織のベータさんが私を誘拐したと」

「そうデース！」

犯人は満面の笑顔で犯行を認めた。

「つまりあなたはナツメという偽名でメシアに侵入したスパイだったのですね」

「スパイ違う、調査デス。異世界生命体の調査」

「異世界生命体？」

いったい何のことだろう、と首を傾げるアカネ。

「異世界生命体デース」

そう言って、ベータはアカネを指さした。

「えっと、私が異世界生命体？」

「そうデース」

意味がわからなかった。

「見せたるデース」

そしてベータに手を引かれ、アカネは連れ出された。


「な、何なのよここ……」

ベータに拠点を案内されて、アカネは呆然とした。

日本より遥《はる》かに発展した魔法技術と、日本より遥かに遅れた科学技術のアンバランスさ。

拠点の女性たちは皆、アカネが聞いたこともない言語で話し、そのほとんどが特徴的な耳を持っていた。

それは覚醒《かくせい》の後遺症ではなく、エルフと獣人という種族らしい。

何より驚いたのは、彼女たちの戦闘能力の高さだ。

ベータに連れられて訓練施設を見学した、アカネはその凄《すさ》まじさに戦慄《せんりつ》した。

「試してみるデス？」

ベータが偉そうに腕を組みながら言った。

信じられないことに彼女は、この施設でかなり上の立場らしい。誰もがベータに敬意を表し、失礼のないように対応しているのだ。

「試してみるって、私が戦うってこと？」

アカネは質問したつもりだったが、ベータはそれを同意と受け取ったらしい。

やはり微妙に通じていない。

「ここにいる、一番弱いヤツ、出てこいヤー！」

ベータはドヤ顔で叫んだ。

どうやらそれは彼女が日本で学んだとっておきの言葉の一つだったらしい。

しかし誰も理解できなかったようだ。日本語だから当然だ。

『どうしても彼女が戦いたいみたいだから、この中で一番弱い人が相手してあげて。怪我《けが》させないようにね』

ベータは少し恥ずかしそうにそう言ったが、異世界の言葉なのでアカネには何を言っているか理解できなかった。

しばらくして隻眼《せきがん》のダークエルフに連れられて小さな少女が現れた。

まだ十三歳らしい。

雪のような純白の髪をした美しい少女だ。愛らしい瞳を険しくさせているのが、どこか微笑《ほほえ》ましかった。

『711番、お前が相手してやれ。シャドウガーデンの看板に泥を塗るような真似《まね》をしたらどうなるかわかっているな？』

ダークエルフに何かを言われた少女は、緊張した顔をさらに強張《こわば》らせアカネを睨《にら》んだ。

「えっと、よろしくね」

どうやら戦いは避けられないらしいので、お手柔らかにとアカネは握手を求める。

『お前なんかに絶対に、負けない。私はこんな所で躓《つまず》いてなんかいられないんだ』

アカネの手は振り払われて、さらにきつく睨まれた。

「えっと、ごめんなさい」

どうやら異世界で握手はよくないことらしい、とアカネは学んだ。

そしてアカネと711番は練習用の剣を手に取って、訓練場の中心へと向かう。


ベータとラムダは訓練場の端で二人の戦いが始まるのを待った。

「どちらが勝つと思われますか？」

褐色《かっしょく》のエルフのラムダが言った。彼女はシャドウガーデンの新人の訓練を担当している。

「さて、711番のことはよく知らないから」

ベータは青い瞳を細めて曖昧《あいまい》に笑った。

「711番はここに来て半月です。まだ一番弱いですが、素質だけなら随一かと」

「ラムダがそんなこと言うなんて、珍しいわね」

「逸材ですよ。しかし、いささか反骨心が……」

「まだ子供だもの。あなたがこれから教育していけば問題ないでしょう」

「はっ、もちろんです」

「ラムダ、あなたはどちらが勝つと思うの？」

「私もあの黒髪の少女のことはよく知りませんが……少し魔力が異質ですね。あれがベータ様が持ち帰ったと噂《うわさ》の少女ですか」

「そうよ。名前はニシノ・アカネ……でも、確かシャドウ様はニシムラ・アカネと言っていたわね」

「でしたらニシムラ・アカネで間違いないかと。主様《あるじ》がそうおっしゃるのですから」

「そうよね。ニシムラ・アカネで間違いないわ」

「ニシムラ・アカネは興味深い魔力をしていますが……勝つのは711番でしょうね」

「私もそう思うわ」

ラムダの答えに、ベータもすぐ同意した。

訓練場ではアカネと711番が剣を構え向かい合っていた。ラムダが合図すればすぐに試合は始まるだろう。

その時、訓練場の扉が開く。

そこから現れたのは小柄なエルフの少女だった。彼女はくたびれた白衣で、眠たそうに眼をこすりながらベータたちの方にやって来る。

「イータ、あなた何しに来たの？」

ベータが少し警戒しながら声をかける。

小柄なエルフの正体は《七陰の第七席イータ》である。主に《陰の叡智《えいち》》の研究を行っている。

「実験体の様子……見に来た」

眠たそうな声でそう言った。暗色の長い髪が寝癖でピョンと跳ねている。

「実験体ってニシムラ・アカネのこと？　アルファ様から許可は取ったの？」

「……もちろん」

イータは目を逸《そ》らして言った。

「アルファ様に後で確認するわ。それまで手を出しちゃダメよ」

「確認の必要はない。二度手間になるだけ」

「確認するまで手を出しちゃダメよ」

ベータは言い聞かせるように同じ言葉を繰り返した。

「むぅ……異質な魔力、すぐに研究すべきなのに」

イータは拗《す》ねたように言った。

「始めてもよろしいでしょうか」

ラムダがベータとイータに確認を取ると、二人は頷《うなず》いた。

「それでは、試合開始‼」

ラムダの合図と共に、アカネと711番は剣を振った。


「な……この子、強いッ」

アカネは戦慄と共に711番の一撃を受け止めていた。

その体格からは想像できないほど鋭く重い一撃に腕が痺《しび》れる。

『負けない……私はもう絶対に負けないッ』

711番はそのまま魔力を込めて、アカネを力任せに吹き飛ばす。

「キャッ⁉」

それは日本では強者であり続けたアカネにとって未知の経験。まさか自分が、単純な魔力勝負で負けるとは思ってもいなかった。

アカネはかろうじて受け身を取り、剣を構える。

完全に侮《あなど》っていた。

まさかこの幼さで、これほどの力を持っているとは思ってもいなかった。

このままじゃ、負ける。

「困ったな……」

アカネの黒髪が徐々に金色に変わっていく。

別に勝つ必要のない勝負だ。

そもそも戦う必要すらなかったかもしれない。

しかしアカネはここで力を見せる必要性を感じていた。

それは、己の価値の証明。

おそらくこの幼い少女は、この組織でもそれなりの強者だとアカネは推測した。しかし最強ではないだろう。壁際で戦いを見守っている三人の方が立場的に上であろうし、おそらくそれ以外にも強者がいる。

つまりアカネの実力だと、自力でこの組織から抜け出すことは極めて難しいのだ。組織の中で日本に帰る方法も調べなければならない。

ならば自分の価値を示し、ここでの立場を上げた方がいい。

いずれ逃げ出す機会はやってくる。

アカネはそう判断し、魔力を解放した。

そしてアカネの黒髪は、美しい金色に染まった。

「悪いけど、本気でいかせてもらうわ」

アカネは剣を構えたままゆっくりと間合いを詰める。

『ふんっ……』

711番は警戒したのか、不機嫌そうな顔で様子を窺《うかが》っている。

じりじりと間合いが詰まっていく。

そして、一歩踏み込んだ瞬間アカネが動いた。

金色の魔力が凄まじい速さで薙《な》ぎ払われる。

『なっ……』

反射的に剣を合わせた711番は、その勢いに目を見開いた。

受け止めた剣が軋《きし》み、腕が痺れる。

——押し切られる。

そう判断した711番は後ろに飛んで威力を流した。それでも、完全には流しきれなかったようだ。

『っ……』

右腕に鋭い痛みを感じ顔を顰《しか》める。

痛めたようだ。
だが、711番はすぐに表情を消して剣を構えた。
静かな眼差しでアカネを見据える。
ここにきてようやく、711番は冷静さを取り戻した。
ラムダやベータのプレッシャーを忘れ、本当の意味でアカネと向き合ったのだ。
『ふぅ……』
小さく息を吐き、魔力を整える。
彼女の纏《まと》う雰囲気が、まるで水の流れのように澄んでいく。
剣は以前から学んでいたようだが、魔力を扱うようになってまだ半月だ。
これがラムダが逸材と認めた、711番の本来の力。
『……私は負けない』
711番は自分に言い聞かせるように呟《つぶや》いた。
「何なのよ、この子……」
まるで達人のような空気を纏うその小さな少女に、アカネは戦慄した。
追撃の好機だったはずだ。
711番は先の攻防でどこかを痛めた。それをアカネは察していた。
間を置かず追撃していれば、それで試合が終わった可能性は十分にあった。

しかし、できなかった。

711番の目が、まるで全てを見透かすようだったから。

この目をした相手は危険だ。

「私だって、負けられないのよ」

言葉は通じなくても、この戦いで711番が何かを背負っていることを感じていた。

だが負けられないのはアカネも同じだ。

もう一度、彼に会うと決めたのだから。

「はぁぁぁあああああああッ！」

『フッ――――！』

二人の気合が重なり、二本の剣がぶつかった。

一合、二合、三合……。

はじめは、アカネの剣が押していた。魔力の差が、そのまま結果に繋《つな》がっていた。

六合、七合、八合……。

しかし、戦いが続くにつれて711番の剣が冴《さ》えていく。いや、アカネの魔力を上手《うま》く流しているのだ。

711番の剣が、アカネの身を掠《かす》めることが増えていった。

「影野《かげの》君、私に力を……！」

二十合を超えた辺りで、アカネは危険な間合いに踏み込んだ。
このままでは負けることを彼女は察したのだ。
『ふっ……！』
しかしそれを、７１１番は待ち望んでいた。
彼女はずっと誘っていたのだ。
アカネが踏み込んでくるその瞬間を。
このまま続けていけば負けるのは、７１１番の方だったのだから。
最高のタイミングで、７１１番の剣が振り抜いた。
その瞬間、ボキ、ゴキ、と７１１番の右腕が鳴る。
彼女の骨はまさに、この瞬間砕けた。
『あ……ッ』
７１１番の剣が僅《わず》かに鈍った。
そこに、アカネの一撃が重なった。
「影野君……ッ」
『父さん……ッ』
そして、決着がついた。

「まさか、相打ちとはね……」

「予想が外れましたね」

訓練場の中心で倒れた二人を見下ろして、ベータとラムダが言った。

「あなたの言う通り、711番は逸材だった。はじめの冷静さを欠いた動きは減点だけどね」

「私の指導不足です。すぐに鍛え直します」

「自力では711番の方が上だったわ。それを相打ちに持ち込んだニシムラ・アカネの魔力の質は異常よ。単純な魔力量だけではなく、どこか変異しているような……」

「やはり我々とは違う世界の魔力ということでしょうか。それとも、彼女だけが特別……？」

「わからないわ。いずれにせよ彼女が落ち着いたら色々と聞くことになるし、それを調べるのが——待ちなさい！」

ベータは言葉を切って、イータの首根っこを捕まえた。

「この異質な魔力……興味深い」

イータはカサカサとゴキブリのようにアカネに駆け寄ろうとしていた。

「こらイータ！　アルファ様の許可が下りるまで近づかないの！」

「許可が下りるまで待っていたら死んでしまうかもしれない」

「そんなに簡単に死にません！」

「時は金なり。愚かな選択による機会損失を防ぐのが私の使命」

「はいはい、何を言おうと絶対に許可しませんから」

「むっ……次の研究の実験体はベータにしよう」

「うっ……そんなことしたらアルファ様に報告しますからね！」

「むぅ……予算が削られる……しかし、脅しに屈しては陰の叡智の発展に支障が……」

ブツブツ言いながら、イータは考え込んでいた。

「さ、今のうちに二人を医務室に運んで。目が覚めたら私が今後のことを説明するわ」

「今後はどのように？」

「とりあえず、ニシムラ・アカネが落ち着くまではラムダに指導を任せるわ。落ち着いた後、色々と協力してもらうつもりよ」

「では、そのように」

ラムダは部下に指示を出し、アカネと７１１番を医務室へと運んだ。

「う……ここは……？」

アカネが目を覚ますと、白いふかふかのベッドに寝かされていた。

そこは医務室のような場所だった。

「私は……負けたの？　いえ、私の剣も届いたはず……」

あの戦いの最後、アカネの奇襲は完全に読まれていた。

普通なら絶対に敗北していただろう。しかし、なぜか相手の攻撃が鈍りほぼ同時に攻撃が当たった。

そこでアカネの意識は途切れたのだ。

アカネは体を起こして室内を見渡す。そこで、隣のベッドに白い髪の少女が寝ていることに気づいた。

「相打ちだったみたいね」

少女に外傷はないことにアカネはほっと息を吐いた。

まだあどけない、かわいらしい寝顔だった。

しかしこんな小さな少女が、実力では完全にアカネを上回っていたのだ。実際に戦ったからこそわかる、もし次に戦ったら確実に負けると。

『父さん……母さん……っ』

白髪の少女が顔を顰めて何かを呟いた。

「うなされているの？　大丈夫？」

アカネは彼女に寄り添って頭を撫《な》でる。

『う、うぅ……』

「大丈夫、大丈夫だから……」

こんな小さな少女が戦わなければならないのだ。この異世界も、日本と同じように過酷な環境なのかもしれない。

アカネが優しく頭を撫でていると、少しずつ少女の顔が綻《ほころ》んでいった。

そしてゆっくりと目を開けてアカネを見る。

「目が覚めたのね。大丈夫？」

『母さん……？』

白髪の少女は寝ぼけたようにアカネを見て、優しく微笑んだ。

『母さん……父さんはどこ……？』

天使のような笑顔でアカネに手を伸ばし、ハッと我に返る。

『お、お前は……!?』

少女は慌てて跳び起きて、アカネから距離を取る。

「ちょ、ちょっと落ち着いて」

『く……寄るな！　私はお前なんかに……！』

「そんなに勢いよく動いたら危ないわ」

『お前なんかに……負けたの……？　私は、負けた……？』

少女は辺りを見渡して、少しずつ現状を把握していったようだ。

「落ち着いて、大丈夫だから」

『負けた……こんな所で負けていられないのに……ッ』

少女の瞳にジワリと涙が浮かんでいく。

「どうしたの？　悲しいことがあった？」

アカネが手を差し伸べると、少女はその手を振り払った。

異世界では手を差し伸べる行為全般がタブーであるとアカネは学んだ。

『さ、触るな……うぅ……私は、もう二度と泣かないって、誓ったの……ッ』

少女は流れ落ちる涙を拭いベッドから飛び降りる。

『う……うぅ……』

そして、嗚咽《おえつ》を堪《こら》えて走り去っていった。

「大丈夫かしら……」

アカネは心配そうに少女を見送った。

しかし言葉が通じない彼女にできることは何もなかった。

「目が覚めたデス」

その時、銀髪のエルフのベータが室内に入ってきた。

「あの、今あの子が泣きながら出ていって……」

「大丈夫デース」

何が大丈夫かわからないが、ベータはそう言った。

こいつに言っても無駄だと、アカネは悟った。

「あの、私はこれからどうなるの？　あなたたちの目的は？　私は日本に帰れるの？」

「わかりマス。よーくわかりマス」

ベータはアカネの手を握り胡散臭《うさんくさ》い笑顔で言った。

「あ、はい」

「私、あなたの味方。いつか、あなた日本帰しマス」

「私、日本に帰れるの？」

「帰れマス多分、でもあなた協力しないと帰れません」

「え、脅し？」

「違いマス、極めて高度な技術的問題デス」

「あ、はい」

「だから協力ください」

「まぁ、私にできることなら」

あまり信用はしていなかったが、ここでゴネても無駄だろうなとアカネは察していた。

どちらにせよ現状だと日本に帰るにはこの組織を探るしかないのだ。

反抗的な人間と思われるより、協力的な人間と思われた方が後々動きやすくなる。

「ありがとうございマース。アカネ、いい人です。私、あなたの味方デス」

「あ、はい」

「あなた、とりあえずこの組織の人間になりマス。組織の名、シャドウガーデン」

「私はシャドウガーデンの一員になるのね。どんな組織なの？」

「陰に潜み、陰を狩る者デス」

「カッコいいわね」

活動内容はよくわからないが、異世界っぽいなとアカネは思った。

そういえば彼もこういうカッコいいことが好きだったな、と思い出して少し懐かしくなり微笑む。

「これからあなた番号になりマス。あなた712番デス、あなたもうニシムラ・アカネじゃないデス」

「私は番号で呼ばれるのね……え？　西村アカネ？」

その名で呼ばれて、アカネの思考が停止した。

「あなたニシムラ・アカネ。違います？」

「西村アカネ……どうして私をその名で呼ぶの？」

かつて、アカネをそう呼んだ人はたった一人。

「ニシムラ・アカネ違う？」

「合ってるわ、大丈夫。なぜ私の名前を知っているか気になっただけだから」

「そうデスか、ある人に聞いたデス」

「ある人に、聞いたんですね」

気のせいだったら、それでいい。

でももし気のせいじゃなかったら……アカネの鼓動が早くなっていく。

落ち着け、まだ悟られるわけにはいかない。

「そうデス。気になりマスか？」

「私のことを知っている人がいるなんて意外でした。日本の方ですよね？」

違和感が出ないように、雑談の延長のような口調でアカネは聞いた。

「ふふふ、秘密デース。でもあの拠点にいた人間は、みんなアカネの名前知ってました。意外じゃないデス」

　ベータの言う通りだ。

　西野アカネの名前なら、拠点の人はみんな知っている。でも西村アカネと呼ぶのは、彼しかいないのだ。

　もし彼がここにいるのだとしたら、アカネの目的は全く変わってくる。

「あ、確かにそうですね。これはうっかりしてました」

　アカネは照れ臭そうに頬を掻《か》き、ベータは微笑みを浮かべてじっと見ていた。

「今日からあなた７１２番、これからシャドウガーデンで暮らすデス」

「７１２番ね、わかったわ」

「これから７１２番が暮らす場所、案内するデス。付いてくるデス」

　ベータに手を引かれ、アカネは医務室を出ていくのだった。

医務室の外は石造りの廊下だった。

美しい石積みとアーチ状の高い天井を間接照明が柔らかく照らしている。

なるほど、ここだけ見ればまさしく異世界ファンタジーであるが、しかしだとすればアカネが目を覚ました部屋はいったい何だったのだろう。

あそこにはなぜか現代の日本らしさを感じた。まるで、日本の技術を異世界で再現したかのようだった。

「712番、何か気になりマス？」

少し前を歩くベータが言った。

「いえ、本当に違う世界なんだと、新鮮に感じています」

「それはよかったデス。さっきの場所医務室デス、怪我したらあそこ連れてかれマス。あと、ここが便所デス」

「トイレね」

「便所デス」

「便所ね」

彼女は便所推しらしい。

中を覗《のぞ》くと、大判タイルの床に個室が並んでいた。大きな鏡に手洗い場、意外なことにトイレは水洗だった。

「水洗トイレなのね」

「最新技術デース」

得意げに、ベータは言った。

アカネの疑念は深まっていく。このトイレはどこからどう見ても、日本のトイレそのままである。

「いったい誰が作ったのかしら」

「作ったのイータ」

「イータ？」

「私たちと一緒に試合見てた、小っこくて白衣のエルフ」

「ああ、あの子ね」

試合の直前に白衣のエルフが現れたのを、アカネは思い出した。

「でも、もととなった知識はイータ違う。あの人デス」

「あの人？」

「秘密デース」

ベータは意味深に笑う。

また「あの人」だ。

間違いなく「あの人」が日本とこの世界の技術を繋《つな》いでいる。

しかしまだ「あの人」がアカネの知っている「彼」だと断定することはできない。

「次は食堂デス」

ベータに連れられて向かったのは、大きな吹き抜けの空間だった。

既に食事時は過ぎて閑散《かんさん》としているが、数百人は余裕を持って座れるだろう。

「凄《すご》い……」

「お腹すいたデス？」

大空間と壁や天井の装飾にアカネは圧倒された。

「あ、少し……」

「何かもらってきマス」

ベータはアカネを席に座らせて、食事を取りに行った。

アカネが座ったテーブルや椅子も高級品だった。十メートルを超える巨大なテーブルは艶《つや》のある一枚板で、椅子には細やかな彫刻が施され座り心地もいい。

いや、このデザインはまさか有名なインテリアデザイナーの……。

「……似ている」

アカネが知っている有名な椅子には彫刻は彫られていなかったが、大枠の造形は名作デザインそっくりだ。

そうなると、あらゆるインテリアに疑いの目を向けてしまう。

あの照明はもしや……あの食器はまさか……あらゆるものに彼の影を探してしまう。

都合のいい情報だけを仕入れてしまっている。人型の生物が使う道具なんだから偶然似る可能性は十分あると、アカネは気持ちを落ち着かせる。

「ダメね……」

「キョロキョロしてどうしたデス？」

「あ、色々珍しくてつい」

気づけば、目の前の席にベータが座っていた。

配下らしきエルフと獣人が、ベータとアカネの前に食事を並べていく。

「こ、これは……」

「どうしたです？」

アカネの前に出された食事は、どこからどう見ても和食であった。

「なぜ、和食が……」

「日本も同じもの食べてたデス」

「そ、そうだったわね」

確かに、ベータはナツメという名前で日本で活動していたのだ。

その時に触れた食文化をこの世界で再現しても全く不思議ではないのだが……。

「味噌《みそ》……それに醤油《しょうゆ》まで」

短期間でこれらの調味料を再現したというのだろうか。もちろんベータが異世界から持ち帰った可能性もある。

「美味《おい》しい……」

味噌汁はカツオの出汁《だし》が効いた上品な味わいだった。

「口に合ってよかったデス」

ベータは器用に箸《はし》を使って食べていく。

アカネも不審に思われないように食事を済ませるのだった。

「美味しかったデス」

食事を終えてコーヒーを飲んでいると、ベータの背後から見覚えのある少女がひょっこりと現れた。

『アルファ様の許可、取ってきた』

確か彼女がイータだ。白衣に眠たそうな眼をした少女が、異世界の言語でベータに話しかけた。

『ええ、ホントにぃ？』

ベータは疑いの眼差しで、イータから書類を受け取った。

『確かに、アルファ様の許可書ね。ニシムラ・アカネの扱いをイータに一任すると書いてあるわ』

ニシムラ・アカネという単語にアカネの耳がピクリと動く。

『じゃ、そういうことで』

イータはテーブルの下を潜って素早くアカネの身柄を回収しようとした。

『待ちなさい！　確かに書かれているけれど、不審な点が二つあるわ』

『な、なに？』

ベータに首根っこを摑《つか》まれて、イータは目を泳がせた。

『もし仮にアルファ様が許可を出したとしても、あなたに一任するなんて絶対にあり得ない。必ず誰か監視役を付けるはずよ』

『う……それは日頃の行いと、積み重ねた信頼の結果……』

『そしてもう一つ。筆跡に勢いがないわ。まるで、誰かがアルファ様の字を真似してゆっくり書いたみたいにね』

『な、何のことやら……』

イータはたらたらと冷や汗を流した。

『イータ、あなた書類を偽造したわね』

ベータに睨まれて、イータは引き攣《つ》った笑みを浮かべた。

『観念しなさい。今からアルファ様の所に行って――』

『もういい』

イータは冷めた声でベータの発言を遮《さえぎ》った。

『こうなったら、実力行使』

次の瞬間、アカネの視界が反転した。

「ちょ、えええええええぇぇぇえええ⁉」

アカネは黒いスライムに拘束され、逆さに吊《つ》り上げられていた。必死にもがくが、黒いスライムは強靭《きょうじん》でビクともしない。

魔力を込めても、それが吸収されているように感じる。

『イータ、あなたどういうつもり⁉』

ベータやその配下たちも同じように拘束されている。

『実力行使。凡人に何を話しても無駄』

イータはそっけなく言って、逆さ吊りのアカネを連れて行こうとする。

『ちょっと、待ちなさいよッ‼』

ベータは黒いスライムを引き千切ると、漆黒の剣を生成し流れるようにイータに斬りかかる。

『むっ』

イータは僅かに目を細め、スライムを操る。

彼女が創り出したのは巨大な盾。

ベータの剣と、イータの盾がぶつかった。

ガキッ、と鈍い音が響き渡る。

『な、何なのよこの盾⁉』

ベータの剣はイータの盾に傷一つつけることができなかった。

それどころか、ずぶずぶと剣を吸収していく。

慌ててベータは剣を引き距離を取った。

『新技術、魔力に反応し吸収する』

『聞いてないわよ⁉　有用な技術はすぐに報告する約束でしょ⁉』

魔力で強化した場合、剣と盾では剣の方が強くなる。

それは単純に面積の問題だ。

剣は刃を強化すればいいのに対し、盾はその全面を強化しなければならない。同じだけの強度を得ようと思ったら、盾は剣に比べて倍以上の魔力を消費するのだ。

盾を身に着ける魔剣士が少ないのもそれが理由である。

『うーん……まだ安全性の検証が済んでいないから、そのうち報告しようかと』

『検証する気がないだけでしょ‼』

話している間にも、ベータは驚くほど流麗な動きでイータに斬りかかる。

目で追うのも難しいその動きに、アカネはただ圧倒された。

「す、凄い……」

ベータという胡散臭い少女が、この組織で敬われている理由をアカネは理解した。彼女に比べればあの711番の動きですら赤子に等しい。

『邪魔しないで』

そしてベータと対峙《たいじ》するイータの技量も想像を絶する。

彼女はスライムを自由に操り、盾や剣や槍《やり》を創り出し迎撃する。それは武術とはかけ離れた動きだったが、また別の方向性で技術を極めた者の動きだった。

魔力操作や並列思考は常軌《じょうき》を逸《いっ》している。

二人の実力はほぼ互角か……いや、二人とも本気は出していない。

相手を傷つけないギリギリの範囲で戦っている。

それに、奥の手も見せていない。アカネの直感がそう告げていた。

『いい加減に、しなさい！』

『むむっ？』

ベータの一撃が、イータを弾《はじ》いた。

イータは盾でガードしながら、器用に空中でスライムを操作し受け身を取る。

しかし、イータは難しい顔をした。

ベータの配下たちが武器を構えてイータを取り囲んでいたのだ。

『これは……』

『さぁ、観念しなさい』
勝ち誇った顔でベータは言う。
『イータ様、拘束させていただきます。ご容赦《ようしゃ》を』
ニューにラムダに、カイ、オメガ、他のナンバーズたちも続々と集まってきている。
これにはさすがのイータも顔を曇らせた。
『むぅ……』
『今なら武器を捨て投降し誠心誠意謝罪すれば少しだけ処分を軽くしてあげるわ』
ベータがジリジリと間合いを詰めてプレッシャーをかける。
『ちょっと、騒がしいわね。何してるの？』
そこに透き通った湖のような髪色の美女が現れた。
彼女は緻密《ちみつ》のイプシロン《七陰の第五席》だ。
『七陰が二人に、その他大勢か……ちょっとキツイ』
イータがぽつりと呟いた。
その他大勢扱いされた何人かが顔を顰める。
しかし、それも当然だった。
ここにいる全員が、一人残らずとんでもない実力者たちだったから。
武器を構え魔力を練っている戦闘態勢だからわかる、その凄まじい実力。

驚くべきことに、全員がアカネより遥か上の強者なのだ。

自身の実力に誇りがあるだろう、積み重ねてきたものに自信があるだろう。

それを『その他大勢』扱いされて、不快にならないはずがないのだ。

しかし不快には思っても、誰一人として抗議はしない。その他大勢はそれが事実であることも理解しているからだ。

『ちょうどいいわ、イプシロン。このおバカを抑えるのに協力して』

『はいはい、貸し一つだからねベータ』

二人の意思疎通は早かった。

イプシロンもどうせイータが悪いと理解しているのだ。

ベータとイプシロンがイータを挟み、その周囲をその他大勢が固める。

『わかった、もういい』

イータが諦めたように両手を上げた。

『投降するのね？』

ベータはそう問いかけるが、誰一人として気を抜くバカはいない。イータはまだ武器を手放していないし、彼女の性格上このまま諦めるとは思えないからだ。

『……私を虐《いじ》める諸君らに告ぐ、今すぐ投降しろ。さもないと後悔することになる』

イータは完全に包囲され両手を上げたその状況で、とんでもないことを言い放った。

『この私が投降すると思っているの？』

最大限に警戒しながらイプシロンが言う。

『うん。誰も投降しないの？』

確認するようにイータは周囲を見渡した。

全員警戒しながらも、しかし誰一人として投降する者はいない。

『わかった、交渉決裂』

『そうね、交渉決裂ね』

イータとベータが同時に言った。

『全員、全力でイータを確保しなさい！』

そして、一斉に動き出した。

その次の瞬間、溶けた。

『な⁉』

魔力が乱れ、彼女たちの服や武器が溶けていった。

『なによこれぇぇぇぇえええええ⁉』

ベータはかろうじて装備を保っているが、その他大勢は半裸になって戦闘継続は困難な状況だ。

『陰の叡智の妨害電波を応用した、魔力攪《かく》乱結界（私を除く）』

『そんなもの開発したら真っ先に報告しなさいよぉぉおお!!』
『条件設定が難しいから限定的な使用しか……』
『もういいわ!!　こうなったら私たち二人で何とかするわよイプシロン！』
ベータは頼りになる味方に声をかけた。
しかし、イプシロンの姿はどこにもなかった。テーブルの上に書置きのメモが。
《急な任務を思い出したので失礼するわ。イプシロン》
『あ、あの女ぁぁぁぁぁぁぁぁあああああああ!!』
ベータが咆《ほ》える。
『隙あり』
激高した隙をイータに突かれたベータは、呆気《あっけ》なく意識を失い前のめりに倒れた。
そして、アカネはイータに連れ去られたのだった。

「うぅ……ここは？」

アカネが目を覚ますと、そこは薄暗い地下室だった。

彼女は黒いスライムで拘束されベッドに寝かされていた。

その周囲には実験器具や何に使うかわからないガラクタが所狭しと置かれている。

最近攫《さら》われることが多いな、と彼女は小さくため息を吐《つ》く。

抜け出そうともがいてみるが、拘束はビクともしない。この黒いスライムだけでも驚愕《きょうがく》すべき性能だった。

「誰かいるんでしょう？」

アカネは声をかけた。

ガラクタの山と薄暗さで視界に入らないが、さっきから人が動く気配を感じるのだ。

『……ん？』

人の気配がアカネの方を向いた。

ガラクタの山から顔を出したのは、あのイータという白衣の少女だった。

「あなたはイータだったわね。私をどうするつもり」

『起きたんだ。意外と耐性が強い……もっと強力な鎮静剤でもよかったかな』

イータは異世界の言語で呟いた。

何を言っているかさっぱりわからなかったが、アカネは彼女の目にぞっとした。

あれは、人を見る目ではない。

実験動物か……いや、ただデータを見ているような無機質な目。

彼女はアカネを人間として見ていないのだ。

イータはベッドの脇まで近づいて、アカネを見下ろす。相変わらず、無機質な目で。

『呼吸は正常、脈拍は少し早い、軽い緊張状態』

無遠慮に体を触りながらアカネの状態を調べていく。

『全て正常。よって計画に変更なし』

彼女はただ確認するように、淡々と言った。

「何を言っているの？　私をどうするの？」

アカネが声をかけても、イータは無機質な視線を返すだけだった。

『意識があろうとなかろうと計画に変更はない。しかし声帯は邪魔かもしれない。気が散る。声帯の切除を検討するか、いや鎮静剤の投与か……どうせ解剖するんだし、声帯を切除して研究してみようか。いや、その前に異世界の会話の検証が先か』

彼女は独り言を話すことで自分の思考を整理しているようだった。

アカネに話しかけているようで、全くアカネを意識していない。

「さっきから、何を言っているの？」

アカネが言うと、イータは初めてアカネを見た。

「あーあーあいうえお、発音はこれでいい？」

静かな声でイータは言った。

「あ、あなた、話せたのね」

「知的生命体が話す言葉なんてどれも法則は似ている。彼もそう言っていたし、実際にそうだった」

イータの流暢《りゅうちょう》な日本語に、アカネは驚いた。

発音も、言語に対する理解も、ベータのそれより数段上だ。

「何が目的なの？　私に何をするつもりなの？」

「実験。知的好奇心を満たすこと」

「ぐ、具体的には？」

「まずは会話。コミュニケーションの法則と、思考の流れを知る。その後は肉体の検査、魔力の検査、そして脳の知識を抽出する」

「脳の知識を抽出って……」

「異世界の知識は貴重。しかし会話で聞き出してもそこには嘘《うそ》やノイズが混じる。時間の無駄。よって、これで、ビビビッとやる」

そう言ってイータが指さしたのは巨大なガラクタだった。

棺《ひつぎ》のような装置に数々のパイプやらコードやらが巻き付き、時々震えて蒸気を吐き出している。

見るからに怪しい。

「な、何なのよあれ……」

「脳ミソちゅーちゅー君23号。人の知識を余すことなく抽出する最高傑作。数多くの失敗を乗り越えてついに完成した……と思われる」

「完成したと思われるって……？」

「学術都市ラワガスの教授シェリー・バーネットの論文『脳と魔力の関係性。魔力に干渉し脳を破壊、もしくは治癒する可能性とその実用化計画』を参考にした。失敗したら彼女のせいだけど、きっと大丈夫。ラワガスは頭の固いクソ爺《じじい》ばかりだと思っていたけど、一部に優れた研究者はいる。彼女もその一人だから。そういえば来週ラワガスでシェリー・バーネットの講演会があるらしい、見に行ってもいいかな……」

イータは全く信用できない無責任な言葉を自分勝手に呟いた。

「あなた、さっきから何なのよ。私のことを何だと思っているの？」

「割と貴重な生命体。彼の次の次の次の次の次の次ぐらいに」

「貴重な生命体ですって？　それに、彼って……？」

「彼は彼……あなたよりずっと貴重な生命体。あなたの言語の基礎も、彼のおかげで修得した」

「日本語を……彼のおかげって、まさかあなた……！」

嫌な予感がした。

もし、イータに日本語を教えたのが彼だとしたら、この人を人とも思わない少女に彼が捕まっていたとしたら。

「彼のことが気になるの……？　彼は脳ミソちゅーちゅー君19号の実験に協力してもらったけど無事だったから、23号もきっと大丈夫」

「な……あなた、あのわけのわからない機械を彼に使ったの⁉　彼は同意したの⁉」

「同意……そんなもの必要ない、ちょっと騙《だま》して押し込むだけ。彼は頑丈だし、大丈夫」

「無理やり……彼に無理やり実験させているのね……！」

落ち着け、まだ彼がアカネの想像するあの人だと決まったわけではないのだ。

アカネは息を深く吸って怒りを抑える。

「実験っていうか……龍殺しの毒を試したり、脳ミソを解剖しようとしたり、魔力回路を取り出そうとしたり、それくらいだよ」

平然と、イータは言った。

アカネの奥歯がギリッと鳴った。

「教えて。彼って、いったい誰なの……？」

怒りに震える声で、アカネは聞いた。

「彼は彼……うーん、人の説明って難しい。あ、これを書いた人だよ」

イータはそう言って、日本語で書かれたメモをアカネに見せた。

そこには大したことは書かれていなかったが、その筆跡にアカネは見覚えがあった。

「そんな……そんな、この筆跡って、まさか……影野君ッ」

アカネの目に涙が溢《あふ》れた。

見間違えるはずもない、その筆跡は間違いなく影野実《みのる》のものだったのだ。

その瞬間、アカネの中で全ての疑問が一つに繋がった。

影野実はこの世界にいる。

彼はあのトラック事故で異世界に連れ去られ、このイータという少女の実験体となり日本の知識を奪われたのだ。

だとすると事故の死体はフェイク、いや事故そのものが異世界の技術によって偽装された可能性すらある。

突然住む場所を奪われ家族や友人からも切り離され見ず知らずの異世界に連れてこられ血が滲《にじ》むほど過酷な生活を強いられた彼のことを思うと、アカネは怒りに震えた。

「あなたは……なんてことをッ、彼は、彼は無事なの!?」

「無事だよ……今はまだ」

「今はまだって、あなた何をするつもりなのッ?」

「実験と解剖」

「なんてことを……ッ！　彼はどこにいるの!?」

「さて……会話はもう十分かな、だいたいわかった」

イータはそれ以上答える気がないようだった。

アカネに背を向けて何やら装置の準備を進めている。

「答えて！　彼は……彼はどこにいるの!?」

アカネは拘束を解こうともがくが、スライムはビクともしない。

逆にアカネの骨が軋むだけだ。

「準備完了」

イータは首輪のようなものを手にしていた。なぜかドロドロした粘液が絡み付き異臭を放っている。

「な、何よそれ……！」

「声帯摘出君一号。使い道が限定的すぎて倉庫で埃《ほこり》をかぶっていたけどきっと大丈夫」

「や、止《や》め……！」

イータはアカネに謎の首輪を装着する。

「大丈夫、痛みはない。それじゃ、3、2、1……」

そして首輪のスイッチが押されようとしたその時。

『止めなさいッ』

ドゴッ、という鈍い音と共にイータの頭が揺れた。

『あ、頭がぁ～～ッ』

頭を押さえて蹲るイータ。

『いい加減にしなさい。今日という今日は許しませんからね』

イータの背後には金髪の美しいエルフが立っていた。彼女の手にはスライムを変化させたハンマーがある。

そのハンマーでイータを殴ったのだ。

『な、なんていうことを……脳細胞は一度損傷すると、元には戻らない……私の頭脳が……』

ギロリ、とイータが睨み上げる。

『その目は何？』

『いくらアルファ様でも許さない……』

『へぇ』

『くらえ、魔力攪乱結界（私を除く）』

しかし、何も起きなかった。

『え、なんで？』

『その魔力攪乱結界は妨害電波の技術を応用したらしいわね』

『ま、まさか……』

『悪いけれど、妨害電波を遮断させてもらったわ』

そう言って服を脱ぐアルファ。するとそこに、銀ピカのスライムスーツを纏っていた。

『ア、アルミホイル……』

『あなたも知っているでしょう。陰の叡智の伝説の中に、アルミホイルで電波を遮断するスキルがあることを』

『まさか、あの伝説は本当だったというの……』

『これが答えよ』

そう言って、アルファはイータの頭にハンマーを振り下ろした。

衝撃的な事実にイータは動くことができない。

『きゅぅ！』

小さな悲鳴を上げて、彼女は昏倒《こんとう》した。

『連れて行きなさい。反省するまで謹慎処分と大幅な研究費削減よ。それからしばらくは私が指示した研究しかやらせないわ』

『は、はい』

アルファの背後から現れた少女たちが気絶したイータを回収し連れていく。

『ごめんなさい、迷惑かけたわね』

彼女はアカネに声をかけ、その拘束を解いてくれた。

「あ、あなたは……？」

アカネは美しいエルフに圧倒されてそれ以上言葉が出てこなかった。

『私はあなたの言葉がわからないの。後はベータに任せるわ』

そう言って、彼女は去っていった。

途方もないほど、強かった。

そして、美しかった。

彼女がこの組織の最高戦力であることを、アカネは直感で理解した。

「大丈夫デース？」

すぐに銀髪の少女ベータが現れて、アカネは助け出されるのだった。


「今日からここが７１２番の部屋デース」

ベータに案内されたのは無機質な扉の前だった。

「ここが私の部屋なのね」

「はいデース。説明沢山しました、全部理解しましたカ?」

「まぁ、だいたいは」

「じゃあこれ、言葉の教科書デース。早く覚えるデスよ?」

ベータから手渡された書物のタイトルは『異世界生命体でもわかるこの世界の言葉』だった。

「えっと、教えてくれる人とかは?」

「実践あるのみデース、これでも私、忙しいデース。それじゃ、バイバイデス」

ベータは目を逸《そ》らして足早に去っていった。

「……まいっか」

全然よくないのだが、今日は色々なことがあって疲れてしまった。

アカネはため息を吐いて部屋の扉を開けた。

「思ったより綺麗《きれい》ね……」

室内にはベッドが三つ。

そして、そのうちの一つに誰かが寝ていた。

アカネの気配に気づいたのか、その少女が身を起こす。彼女は真っ白の髪をした、アカネと戦ったあの小さな少女だった。

『お、お前は……⁉』

「あ、あなたは……⁉」

アカネとその少女はほぼ同時に声を上げた。

『そ、そんな、新入りってお前のこと……』

「あ、あなたも同じ部屋なのね、よろしく」

立ち直りが早かったアカネが微笑んでそう言った。

『く……お、お前なんかと一緒にいられるか……ッ！　私は外で寝る！』

少女はベッドから飛び降りるとアカネを睨んで走り去っていった。

「あ……ッ」

何を言われたかはわからないが、友好的でないことだけは確かだ。

アカネは少女の背中を見送ってため息を吐く。

色々と、問題だらけだ。

異世界、理解不能の言語、強者ばかりの組織、友好的でないルームメイト、本当の味方は一人もいない。

しかし、たった一つの希望がある。

「影野君、今度は私が助けてあげるからね……！」

アカネはその思いを胸に、拳《こぶし》を握った。

Not a hero, not an arch enemy,
but the existence intervenes in a story and shows off his power.
I had admired the one like that, what is more,
and hoped to be.
Like a hero everyone wished to be in childhood,
"The Eminence in Shadow" was the one for me.
That's all about it.

The Eminence in Shadow

I can't remember the moment anymore.
Yet, I had desired to become "The Eminence in Shadow"
ever since I could remember.
An anime, manga, or movie? No, whatever's fine.
If I could become a man behind the scene,
I didn't care what type I would be.
Not a hero, not an arch enemy,

終章

あの日の香り

The Eminence in Shadow
Volume Six
Epilogue

The Eminence in Shadow

EPILOGUE

木の香りがした。

窓から差し込む木漏れ日の中で、書類を整理していたアルファはふと顔を上げた。

立ち上がって窓辺に向かうと、窓の外には大きな街路樹がそびえ、その向こうに王都の街並みが広がっている。

季節は秋の終わり。街路樹は鮮やかに紅葉し、風と共に木の香りを運ぶ。

あの頃は、いつも暖かい木の香りに包まれていた。

アルファは瞳を閉じて、昔を思い出す。

皆で暮らしたあの日々を。懐かしい、木の香りを――。

シャドウガーデンが、シャドウとアルファの二人だけだった頃、アルファは森の中で暮らしていた。

日中は彼が建てた小屋で一人きり。

小屋の中はいつも木の香りで満たされていた。彼が木を切って一から建てた小屋だ。『ツーバイフォー』という建て方を、その時アルファは学んだ。

はじめは見ていることしかできなかったが、少しずつ手伝い、仕上げはほとんど彼女一人で行った。

彼と彼女、二人で建てた思い出の小屋。

質素だったし、少しへたくそだったけれど、木の香りに満ちたその小屋がアルファは大好きだった。

彼は夜中しかここに来られなかった。だからアルファは毎日夜が来るのを楽しみにしていた。

日中は魔力と剣の訓練と、山菜採りや罠《わな》で小動物を狩った。

夜、彼はパンやお肉を持って来て、アルファがそれを料理する。二人だけで食事しながら、彼はいつもいろんな話を聞かせてくれた。

「湯気には巨大な鉄の塊を動かす力があるんだ」

ある日、彼はアルファが作ったシチューを食べながらそんなことを言い出した。シチューからのぼる湯気を、アルファはしばらく見ていた。

このか弱い湯気に、そんな大きな力が秘められているとは到底思えない。

だけど今まで彼が話してきた知識は、それがどんな途方もない話でも事実だった。この世界が平面ではなく球であることも、太陽がこの世界を回っているのではなくこの世界が太陽の周りを回っていることも、最初はあり得ないと否定したアルファだったが結局彼の話が正しかった。

だからこの湯気にも、必ず大きな力が秘められているのだ。

「どうすれば、湯気からそんな力を引き出すことができるのかしら」

アルファのシチューを美味《おい》しそうに食べながら、彼はしばらく無言だった。

彼はいつだって、何を話すべきで、何を話すべきでないか考えているのだ。

「水を温めると蒸気になる。それが大きな力を生むのさ。ヒントはえっと……ピストン運動とタービンだったかな」

そう言って意味深に微笑《ほほえ》む。

彼は全《すべ》てを語らない。ヒントを与えて、必ずアルファに考えさせるのだ。

「それだけじゃわからないわ」

いつもよりずっと難しい。早速明日から蒸気の研究に取り掛かるつもりだったが、たったこれだけのヒントでは答えに辿《たど》り着くまで時間がかかりすぎる。

「蒸気の力を使えば、巨大な鉄の車を走らせたり、鉄の船を走らせたりできる」

しかし、彼が語ったのはヒントではなく蒸気機関の利用例だった。

本当に鉄の車や船を動かすことができるのなら、それはとんでもないことだ。そして彼ができると言うのであれば、それは必ずできるのだ。

「つまり、蒸気機関にはそれだけの時間を使う価値があるということね……」

彼は意味深に微笑むだけだった。彼はいつだってアルファに考えさせる。

そうやって、彼女に知識を授け、考える力と問題を解決する能力を鍛えるのだ。

そしてそれは、飛躍的に彼女の能力を向上させ、国で英才教育を受けていた頃より何倍もの知識を彼女に与えた。

武力は、大きな力だ。しかしそれ以上に知力は、大切な力なのだ。

アルファは自分でも頭のいい子供だと思っている。故郷では、誰も彼女に敵《かな》わなかった。

だが、それでも――同年代の彼はアルファの遥か高みにいた。

上には上がいる。

アルファは眩《まぶ》しそうに、彼の横顔を見つめた。

「ん？　どうしたの？」

「……何でもない」

二人でシチューを食べて、それから彼に剣と魔法の指導をしてもらい、日が昇る前に彼を見送る。

彼女は毎日、彼の姿が見えなくなるまで手を振った。

彼女は幸せだった。


季節が流れて、二人だけの時間は終わりを告げた。

銀色の髪に泣きぼくろの少女、ベータが仲間に加わったのだ。

ベータは人見知りで、彼のことを怖がっていて、いつもアルファの後ろに隠れていた。国にいた頃から、アルファはベータのことを知っていたし、ベータもアルファのことを知っていた。

友達だったわけでもないし、社交の場で挨拶を交わしたことしかなかったけれど、同じ境遇の二人はすぐに打ち解けた。

それからすぐにガンマとデルタが加わり、一人きりで寂しかった小屋は随分にぎやかになった。

彼に習った技術で、アルファたちは小屋を増築し、立派な家を建てた。木の香りに満ちた、温かな家だった。

ある日、彼はデルタとガンマの指導を早めに切り上げて皆を集めた。

デルタは得意げにガンマを見下ろし、ガンマは半べそでデルタを睨《にら》む。いつもの光景だ。

「デルタの方が強いのです」

「わ、私の方が年上だし……私の方が先輩だし……ぐすっ……」

「ガンマのくせに生意気だ」

「ちょっと、や、やめてよぉ……」

デルタがガンマを押し倒し背後から覆いかぶさる。これもいつもの光景だ。

なんでも、犬は上下関係をわからせるために上に乗るのだという。

「はいはい、もうやめなさい」

アルファが二人を引き離す。デルタはアルファの言うことは素直に聞く。よくも悪くも、上下関係に忠実なのだ。

だからこそ自分より弱いガンマが上にいることが気に食わない。

ガンマもデルタみたいな脳筋が気に食わない。

二人は犬猿の仲だった。

「力とは武力だけではない。人の世を支配するのはいつだって知力だ」

彼は皆を集めてそう言った。

「ボス……？」

「シャドウ様……」

デルタとガンマが彼を見上げる。デルタはよくわかっていない顔で、ガンマは彼の言葉に救いを求めるかのように。

風が木の香りを運んでくる。

「教えてやろう。たった一枚の金貨が何倍にも膨れ上がる知の力を。金を操り、世界の経済を支配する術《すべ》を……」

それから、彼は銀行と信用創造という途方もない計画を語ったのだ。

アルファの口からこぼれたのは、小さな子供のような感想だった。

「すごい……」

そのスケールの大きさに、彼の凄《すさ》まじい智慮に、アルファは震えていた。

ベータはアルファの後ろで、シャドウを恐れて震えていた。

デルタは冷たい夜風に吹かれて寝ながら震えていた。

そしてガンマは――感動に震えていた。

暗く、弱々しかった彼女の瞳に、強い力が戻っていた。

「シャドウ様、私は……進むべき道を、見つけました」

彼はただ頷いた。

その日から、ガンマは変わった。貪欲に彼の知識を求め、寝る時間も惜しんで研究に励んだ。

アルファもガンマと話し合う機会が多くなり、そこにベータも加わって将来の組織の形を描いていった。

やがて、イプシロンが加わり、ゼータが加わり、最後にイータが加わった。

イプシロンは勝ち気で自信にあふれた少女だった。そして、それに見合うだけの才能もあった。

「すぐに私が一番になるんだから！」

最初は張り合っていたが、すぐに落ち着いて馴染んでいった。

今でもベータとは張り合っているが、あれはあれでいい関係なんだと思うことにした。

ゼータはどこか影のある獣人の少女だった。

口数は少なめで、皆から少し距離を取っていた。

アルファは彼女の事情を知っていたから、ゼータの手を引いて他の子との仲を取り持った。

少しずつだけど彼女も心を開いていった。

デルタとは変わらず仲が悪かったが、獣人とはそういうものらしい。

一目で「こいつとは合わない」と察する瞬間があるのだとか。

イータは最初から不思議な子だった。

突拍子のないことをして迷惑をかけられることも多かったが、それ以上に彼女の発明には助けられてきた。

生活能力の低いイータをイプシロンがお世話して、なぜかベータやガンマが実験体になって、デルタとゼータが追いかけっこして、気づけばみんな、かけがえのない家族になっていた。

木の香りに包まれた家で、彼女たちは幸せだった。


あの日から、アルファは走り続けてきた。

木の香りに気づかないほど、がむしゃらに生きてきた。

茜色《あかね》の木漏れ日が室内を美しく染める。

「アルファ様、時間です」

ノックの音が聞こえて、ガンマが入室した。

「覚えてる？　木の香りの中で、二人で語り合った……」

「木の香り……？」

ガンマはアルファの隣に立ち、大きな街路樹を見上げる。

そして風が運ぶ木の香りを吸い込んで目を細めた。

「懐かしいですね……」

「あの日描いた夢が形になっていく……でも、まだ夢の途中よ」

「……そうですね」

「我らは、我らの信じる道を、走り続ける。遮《さえぎ》る者には容赦《ようしゃ》しない。さあ、行きましょうか」

「はい！」

彼と二人きりの時間は減ってしまったけれど。

あの日の木の香りは、いつまでも胸の奥に残っている。

The Eminence in Shadow
Volume Six
Appendix

補遺

「バカバカしい……
夜剣の顔色を窺う
ことしかできない父も、
何の力もない私自身も……」

（名前）クリスティーナ・ホープ
（性別）女
（年齢）16

=Christina Hope

Christina Hope

シドのクラスメイトの侯爵令嬢。
赤い髪をした美しい少女で、
テロ事件で爆死した
スズーキ・ホープの遠い親戚。
真面目で優しい性格だが、
真面目すぎて周りが見えなくなることも。
シャドウの強さとその在り方に
密かに憧れている。

=Kanade

（名前）カナデ
（性別）女
（年齢）16

シドと同学年で別のクラス。
成績は普通で黒髪黒目の女生徒。
性格は大人しいと見せかけて図々しい。
外見は平凡に見せかけて地味かわいい。
格上にはへりくだり、格下はナチュラルに見下す。
それが彼女の生き様。

「アレクシア様の近くにいれば大丈夫……いざとなれば盾に……」

Kanade

「お待たせいたしました。ウォッカ・マティーニです」

（名前）カイ
（性別）女
（年齢）23

Chi

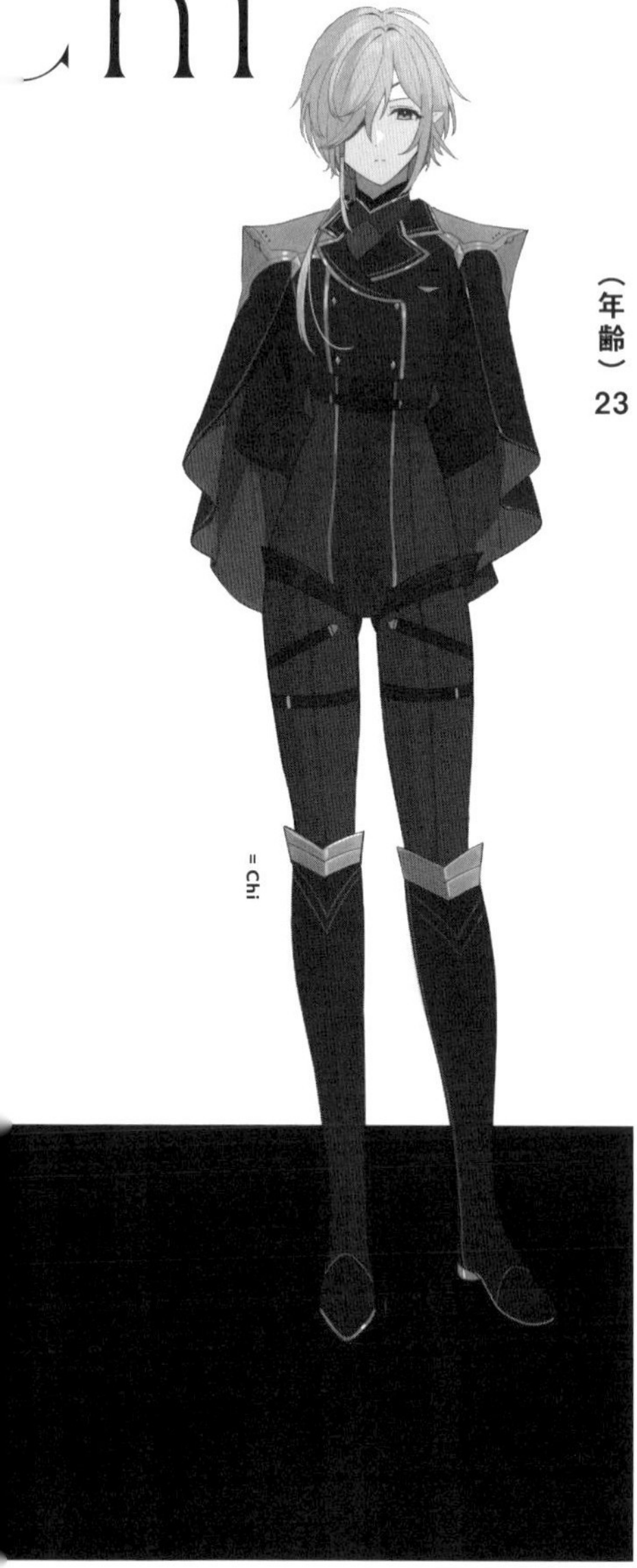

= Chi

金髪ショートカットで男装の麗人。
真面目でお堅い性格をしているが、
意外にもシャイで
すぐ赤面するのが悩み。
シャドウガーデンのナンバーズとして
オメガと共に日々励んでいる。

= Omega

（名前）オメガ
（性別）女
（年齢）24

「覚えていてくださり光栄です。オメガと申します」

Omega

金と銀のオッドアイをした美しいハーフエルフ。
物静かなエージェントタイプだが、くだらない
ギャグですぐ笑ってしまうのが悩み。
シャドウガーデンのナンバーズとして
カイと共に日々励んでいる。

Alpha's
Organization management diar

アルファの組織運営日記

The Eminence in Shadow Volume

6

Written by:	Organization:	Book number:	Page number:
a	shadow garden	06	354 - 355P

{ ORGANIZATIONAL MANAGEMENT JOURNAL }

日記を書くのは久しぶりね。

最近は忙しくてすっかり書くのを忘れていた。彼によると日記を継続して書くことで精神的な安定に繋がるらしい。

彼が言うのだから、きっとその通りでしょう。

今日からまた、日記を書いてみましょう。今度は続けられるように……。


多忙の原因は主にオリアナ王国の件ね。

ドエム・ケツハットとモードレッドを排除した結果、国内からディアボロス教団の関係者は排除された。

残党の処理も今年中には終わるでしょう。

でもオリアナ王国の腐敗の根は深いわ。

長年にわたりディアボロス教団の干渉を受け続けた、歪な政治と組織の改革には時間がかかりそう。

６６６番……いえ、ローズ・オリアナ女王と連携し進めてはいるけれど、終わりは全く見えないわ。

何よりもこの国に染みついた「魔剣士を蔑む文化」から垣間見える国民性をどう変えていくかが一番の課題かもしれない。

イプシロンが彼のアイデアを参考に『魔剣士少女セーラー・サン』という新たな演劇を始めたけれど、想像以上の反響で芸術の国の民衆に支持されているわ。

シャドウガーデンの新人たちをスライムスーツでセーラー服風の戦闘服

Written by:	Organization :	Book number :	Page number :
a	shadow garden	06	356 - 357P

{ ORGANIZATIONAL MANAGEMENT JOURNAL }

に変装させて、大迫力のアクションを行う美少女活劇だけれど、私はセーラー戦士よりシャドウ様仮面の方が好きなのよね。

これが国民性を変えていくきっかけになればいいのだけれど……。

国民性こそが改革を阻む最大の壁なのだから。


ガンマとイータが主導したオリアナ王国内にシャドウガーデンの大規模拠点を造る計画は順調よ。

ガンマの手配とイータの研究の成果のおかげで想定より早く終わりそう。

大出力の採掘機による巨大地下拠点の建設は、今後の拠点を造る際にも参考になるところが大きいわ。

生産拠点も部分的に地下に移すつもり。情報漏洩の心配は少なくなるし、警備にかかるコストも削減できるわ。

おかげでオリアナ王国への支援は手厚くできそうね。

そうそう、デルタにゼータを探しに行かせたんだけど、そしたら久しぶりにゼータからの報告が来たわ。

デルタに追いかけ回されて疲れたんでしょうね。

これに懲りてまめに報告くれるようになればいいんだけどね。

ゼータからの報告によればベガルタ帝国の動きもきな臭いみたい。雪が解けたら本格的に戦争が始まるかもしれないわ。

それまでにオリアナ王国の準備が整えばいいのだけど……あら、誰かしら。

Memo：

{ ORGANIZATIONAL MANAGEMENT JOURNAL }

こんな時間に珍しいわ。
緊急の報告がきたようね——。

——とんでもないことになったわ。

エルフの国で内乱が勃発したみたい。以前からナンバーズに調査させていたのだけどまさかこんなことになるとはね……。

あの国には上位のラウンズもいるし、ナンバーズだけでは荷が重いわ。

急いで七陰を向かわせないと……それに、彼にも報告した方がいいわね。

彼の事だから、私たちより早く正確な情報を得ているでしょうけど。

そうね、もし彼が動くのならば、久しぶりに私も一緒に戦おうかしら……。

あとがき

POSTSCRIPT

このたびは『陰の実力者になりたくて！』六巻を読んでいただき、ありがとうございます。

前巻から約十カ月、長い間お待たせせして申し訳ありません。

この十カ月色々なことがありました。


まずアニメのシーズン1が無事終わったこと。

素晴らしいアニメスタッフ様と関係者様に恵まれて、最高の作品に仕上げていただいたと思っています。

本当にありがとうございました！

まだ見ていない方はぜひぜひ、ご覧になってください！


そしてアニメのシーズン2が絶賛放送中です！

こちらも素晴らしいクオリティに仕上がっています。

私も原作者としてがっつり関わらせていただいたので、アニメでしか見られない『陰の実力者になりたくて！』が体験できるかと思います。

楽しんでいただければ幸いです！

また、本作のゲーム『陰の実力者になりたくて！マスターオブガーデン』もリリース直後から大好評です！

当初の想定をはるかに上回る反響とのことで、私もファンの皆様の熱量を感じました。

七陰の幼少期を描いた『七陰列伝』や、原作を補完するここでしか見られないストーリーが盛りだくさんとなっています！

全話しっかりと私が監修させていただいており、さらに一部書き下ろしたストーリーもありますので、まだプレイしていない方はぜひぜひ一度やってみてください！

なんと『七陰列伝』はコミカライズ企画も進んでいるので、こちらも楽しみにしていただければと思います。


さらに本作のシリーズ累計発行部数ですが、５００万部を突破いたしました！

ここまで来ることができたのも全て皆様の応援があってのことです。

読者の皆様には心より感謝を申し上げます。


最後になりますが謝辞を。

書籍化作業全般をサポートしてくださった担当編集さん。最高のイラストを描いてくださった東西先生。素敵なデザインで本書を彩ってくださったバルコロニーの荒木さん。アニメやゲームで動いてくださった関係者様。そして応援してくださった読者の皆様。改めて本当に、本当にありがとうございました。

それではまた七巻でお会いしましょう！

逢沢大介

著
逢沢大介
書籍六巻に加え、
コミカライズ十二巻＆スピンオフ
コミックス六巻が発売中です。
応援してくださった読者の皆様に
心から感謝します。

イラスト
東西
若輩者ゆえ言葉はございません。
精進あるのみ。

陰の実力者になりたくて！

I can't remember the moment anymore.
Yet, I had desired to become "The Eminence in Shadow"
ever since I could remember.

06

2023年10月30日　初版発行

著　逢沢大介
イラスト　東西

発行者　山下直久
編集長　藤田明子
担当　林周平

装丁　荒木恵里加（BALCOLONY.）

編集　ホビー書籍編集部

発行　株式会社 KADOKAWA
〒102-8177
東京都千代田区富士見2-13-3
電話：0570-002-301（ナビダイヤル）

お問い合わせ　https://www.kadokawa.co.jp/
（「お問い合わせ」へお進みください）
※内容によっては、お答えできない場合があります。
※サポートは日本国内のみとさせていただきます。
※Japanese text only

印刷・製本　図書印刷株式会社
Printed in Japan

本書は著作権法上の保護を受けています。
本書の無断複製（コピー、スキャン、デジタル化等）並びに無断複製物の
譲渡および配信は、著作権法上での例外を除き禁じられています。
また、本書を代行業者等の第三者に依頼して複製する行為は、
たとえ個人や家庭内での利用であっても一切認められておりません。
本書におけるサービスのご利用、プレゼントのご応募等に関連して
お客様からご提供いただいた個人情報につきましては、
弊社のプライバシーポリシー（https://www.kadokawa.co.jp/）の
定めるところにより、取り扱わせていただきます。
定価はカバーに表示してあります

©Daisuke Aizawa 2023

ISBN 978-4-04-737691-5　C0093

力者に
くて!
「陰の実力者になりたくて!」
『月刊コンプエース』
にてコミカライズ
大好評連載中!!!!
The Eminence in Shadow
member the moment anymore.
desired to become "The Eminence in Shadow"
I could remember.
manga, or movie? No, whatever's fine.
If I could become a man behind the scene,
I didn't care what type I would be.
arch enemy,
intervenes in a story and shows off his po
I had admired the one like that, what is more,
and hoped to be.

陰の実
漫画 坂野杏梨
原作 逢沢大介
キャラクター原案 東西
なりた

『陰の実力者になりたくて！』スピンオフコミカライズ!!!

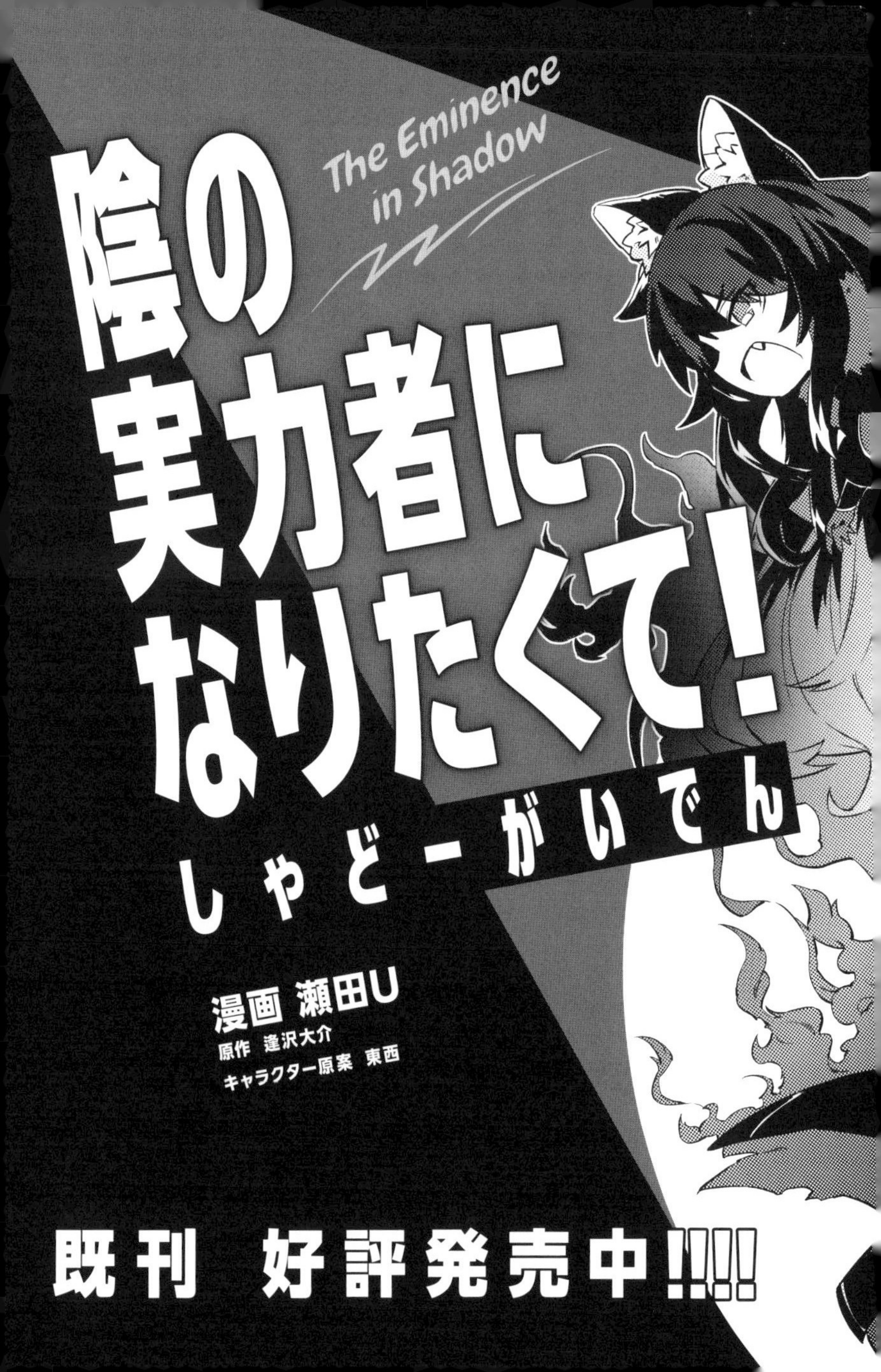
The Eminence in Shadow
陰の実力者になりたくて!
しゃどーがいでん
漫画 瀬田U
原作 逢沢大介
キャラクター原案 東西
既刊 好評発売中!!!!

幼女戦記

カルロ・ゼン 著 ／ 篠月しのぶ イラスト

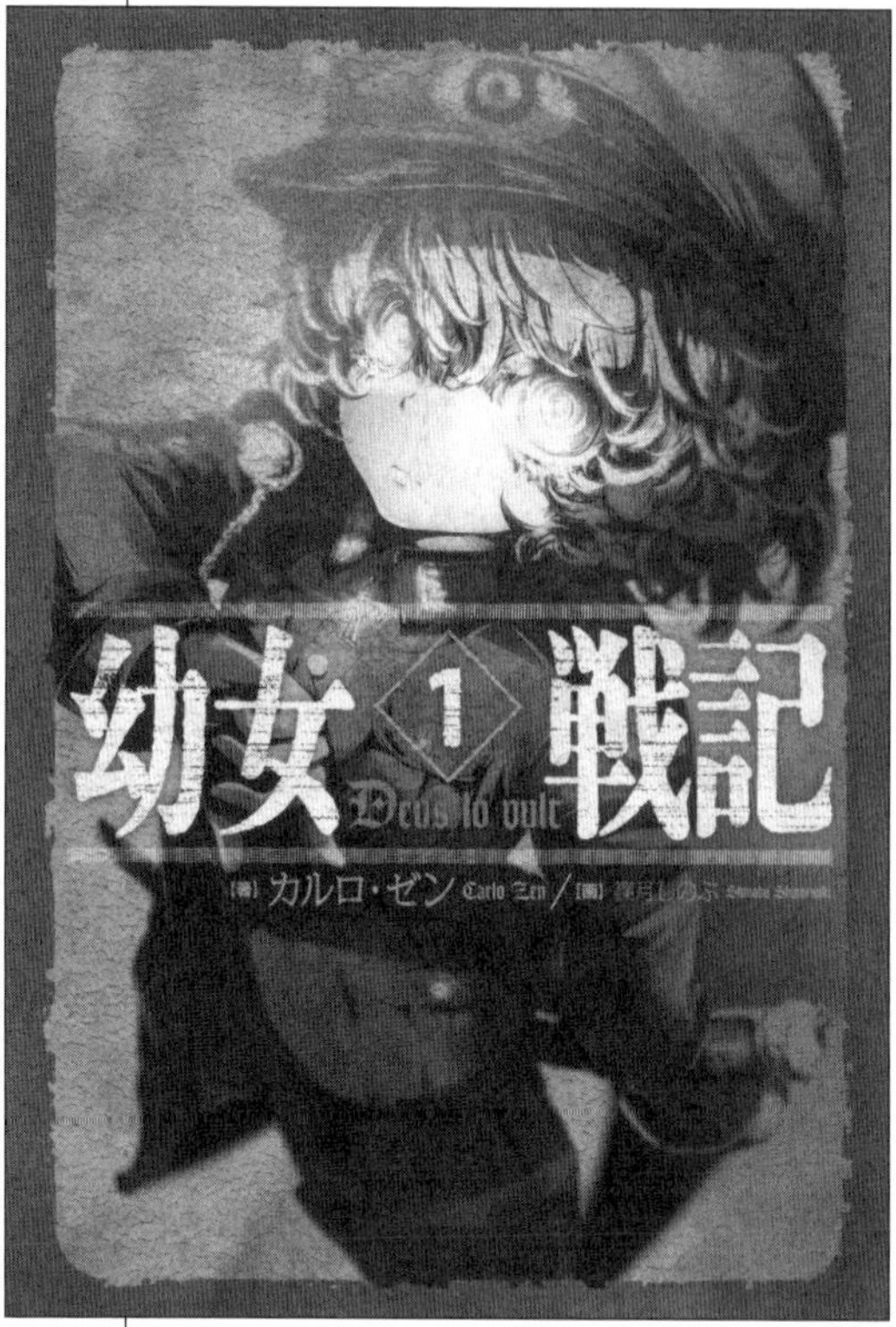

（1～14巻 以下続刊）

金髪、碧眼そして白く透き通った肌の幼女が、
空を飛び、容赦なく敵を撃ち落とす。
幼女らしい舌足らずさで軍を指揮する彼女の名はターニャ・デグレチャフ。
だが、その中身は、神の暴走により幼女へと
生まれ変わることとなった日本のエリートサラリーマン。
効率化と自らの出世をなにより優先する幼女デグレチャフは、
帝国軍魔導師の中でも最も危険な存在へとなっていく――。

闘病の末に命を落とした青年・火楽は、
神様によって蘇生され、若返って異世界に転移した。
第二の人生、のんびり農業を楽しむために！
神様に授けられた「万能農具」を手に、
自由気ままに異世界を切り拓く！
そこに天使や吸血鬼、エルフに竜まで現れて……。
あっという間に村になり、気付けば俺が村長に！？
スローライフ・農業ファンタジー、ここに開幕！

（1〜16巻 以下続刊）

内藤騎之介 著 ／ やすも イラスト

異世界のんびり農家

Dジェネシス ダンジョンが出来て3年

之 貫紀 著／ttl イラスト

（1〜8巻以下続刊）

ダンジョンが出来て３年。
ダンジョン攻略が当たり前になった世界で、
社畜として生活していた芳村が、不意に訪れた不幸？な偶然で
世界ランキング１位にランクイン！
のんびり生活に憧れて退職し、ダンジョンに潜ることにはしたものの、
手に入れてしまった未知のスキルに振り回されて、
ダンジョン攻略最前線にかかわることに。
スローライフの明日はどっちだ——！？